所有遗憾，
都是对未来的成全

小新 著

黑龙江美术出版社

图书在版编目（CIP）数据

所有遗憾，都是对未来的成全 / 小新著. —哈尔滨：黑龙江美术出版社，2019.10
ISBN 978-7-5593-4759-6

Ⅰ. ①所… Ⅱ. ①小… Ⅲ. ①故事—作品集—中国—当代 Ⅳ. ① I247.81

中国版本图书馆 CIP 数据核字（2019）第 069609 号

所有遗憾，都是对未来的成全
SUOYOU YIHAN, DOUSHI DUI WEILAI DE CHENGQUAN

作　　者	小　新
出 品 人	周　巍
责任编辑	聂元元
出版发行	黑龙江美术出版社
地　　址	哈尔滨市道里区安定街 225 号
邮政编码	150016
网　　址	www.hljmscbs.com
经　　销	全国新华书店
印　　刷	天津旭丰源印刷有限公司
开　　本	880mm×1230mm 1/32
印　　张	8
字　　数	200 千
版　　次	2019 年 10 月第 1 版
印　　次	2019 年 10 月第 1 次印刷
书　　号	ISBN 978-7-5593-4759-6
定　　价	45.00 元

本书如发现印装质量问题，请直接与印刷厂联系调换。

CHAPTER ONE
不惧万人阻挡，只怕自己投降

感激自己曾经耐得住寂寞　/ 002

所有的不幸，都只是下酒菜　/ 008

这步步紧逼的岁月，正是生活的答案　/ 013

世间之事，不疼不痒，热泪盈眶　/ 020

书店都快死光了，你还做书店？　/ 025

背台词的人生，定非我所愿　/ 032

039 CHAPTER TWO
感谢昨天和今天，更好的，在明天

绝望过，才更能握住手里的幸福　/040
每个适合熟睡的夜晚，我都在想你　/053
对于自己，你还是个陌生人　/068
我们的人生，永远无法复制　/076
我想号召整个城市的人，为你鼓掌　/083

091 CHAPTER THREE
当我们告别少年

你，是我唯一的想要　/092
遇见他，我相信我们必有故事发生　/110
我给你讲个笑话，你可别哭呀　/134

145 CHAPTER FOUR
别害怕一个人生活

如果，他们有一张不老的脸 / 146

如果悲伤能够被看见 / 160

好兄弟，不差一碗酒 / 166

真实的人，一定没有那么乖 / 171

奔走红尘，莫忘自己是书生 / 177

一条河最终流向何方，没有人知道 / 181

187 CHAPTER FIVE
认真你就输了，可我还是愿意做一个认真的人

没有钱，一切都是白搭 / 188

要回答这些问题，可真难 / 194

减肥，是很励志的瘾 / 203

在所有的道别里，我最喜欢明天见 / 207

听我姨讲故事 / 211

CHAPTER SIX
成年人的生活，除了容易胖，没有什么是容易的

所有的亏欠，都是后知后觉　／216

有多少灯光，就有多少悲欢离合　／224

好好吃饭，累了就回家　／233

那个字，我们终究没有说出口　／241

CHAPTER ONE

不惧万人阻挡，只怕自己投降

人生的这一程，其实很短，
不妨大胆一些，
不妨大胆去攀一座山，去追一个梦。
因为，这是我们仅有一次的人生。

感激自己
曾经耐得住寂寞

~~~~~

01

前天没做直播节目,提早回家。

车库门口,一个穿着红白条纹衬衫的男生,正在练习打网球,看上去十四五岁的样子。

一个蓝色的球,系了一根绳子。

男生不断地挥舞球拍,能听到风的声音。

男生满头大汗,甚至都能看到细密的蒸汽在他的头顶"氤氲"着,就像是顶着一个人工加湿器。

"这么刻苦啊?"我不认识那个男生,但还是忍不住赞叹了一句。

他看我一眼,微微皱了一下眉头,没说话,腼腆地笑了。

邻居老李跟我说:"你是因为平时上直播回来得晚,不知道情况,那孩子练了有十来天了,天天下苦力。"

实际上我忘了那天的天气到底是怎样的了,但每每回想,总会有一个画面闯进来:夕阳西下,在一个穿着红白条纹衬衫的男生周围镶了一层金边。

之后,太阳躲到了地平面下,天暗了,我依然能够听到风的声音。

如果那真的是一幅画,可以取一个名字——努力。

你可能会说,只是练习打网球,没必要下一个形而上的结论,但是我不得不说,等他长大了,一定会感激曾经耐得住寂寞的自己。

在高校教师中,我算是个异类——一时兴起,就会坐在课桌上讲课,或者讲到悲苦处涕泪横流,在谈某些丑恶现象时甚至会爆粗口。

每年给大四的学生结课时,我都会语重心长地叮嘱他们:

男生们少抽烟少玩游戏,女生们少逛街少看偶像剧,用更多的时间来学习和成长,甚至要学会忍受寂寞。

耐得住寂寞,往往是成长的起点。

我认识一个男孩,有着清秀的模样,认识他时是在他很美好的二十五岁。

跟领导闹了别扭,他就干脆辞了职,赋闲在家。

他交了不同的女朋友,陪不同的女朋友吃饭、逛街、聊天,不同的女朋友给他买衣服、零食、电子产品。

他的父母给了他一张很好看的脸，上天又给了他绘画的天赋，可是他却如此荒废人生。

我实在看不下去，劝了几句。

他梗着脖子，不以为意，后来反驳我："这叫各取所需，有什么不可以的？"

我说，你如此耐不住寂寞，随便一棵花花草草就能吸引了你。

他说，他这阵子每晚都在健身，就很能耐得住寂寞啊。可没说几句，他就绕回来了——是的，健身的目的，是为了吸引更好的"花花草草"。

我无语，不是同一条船上的汉子，摇不了同一把桨。

那次聊天之后，我们再也没有联系过。

在很长的一段时间里，我反思过，可能我真的有些"老土"了。每个人都有自己所认同的生活方式，外人无权也不该横加干涉。

后来我得知，有一天他的女朋友们联起手来，让他在某一个晚上无比难堪。女孩们聚在了一起，同时敲了他家的门，你能够想象再巧舌如簧的人，在那种情境下，也会窘迫。

今年，他三十二岁，未婚。

上个月，他在微信里给我留言：

"新哥，好久没有联系过了。我抱着试试看的心态给您留言。请问，您能帮我介绍一个工作吗？我保证我会努力的。"

02

2001年，我来到了我的母校山东大学。

第一次准备期末考试，在自习室里抄写、背笔记。我是一个法科学生，你难以想象那些烦冗的法条会如何跟一个人的脑细胞角力。

我记得一位老师给我们上的第一堂课的核心思想是，她在本科阶段，有两本重要的教科书，完全被她复印在了脑袋里。

每个人都有自己专属的记忆高峰期，我的记忆高峰期主要集中在下午和晚上。

早晨九点钟，我会准时起床，处理些细碎的事情，到了饭点，第一波赶到餐厅吃饭，吃完饭后某一个自习室，继续进入午休状态。

十几分钟后，我会自然醒来，睁开眼睛，迅速切换到疯狂看书模式，时常会忽略了晚饭，一直学习到深夜。

晚上十点半，自习室关门，我便转战到学校西门附近的路灯下。

夏夜，站在昏黄的路灯下，感受着西门外小商贩们经营的热气腾腾的生活——炸串、烧烤、麻辣烫……

与此同时，每个路灯下都有一个背书的身影。

他们的手里捧着一本书，嘴里念念有词，身边是飞来飞去的蚊子，嗡嗡地叫。

起先没觉得，一看表马上就到十一点钟了，心想得赶在宿舍楼关门前回去，这才发现胳膊上已经被蚊子咬了五六个包。

很难摘到的果子大都很甜，第一次期末考试，我考到了全院的第一名，这个成绩好得超出了我的想象。

来日方长，时间会见证不易，时间也会检验着努力。

我的英语成绩一向不是很好，对此我很是头疼。

很多人都曾经被打着不同广告语的英语工具书所蛊惑，我曾经买过的单词书包括《中国人的第一本单词书》《用美国人的方法背单词》《英文单词修炼秘籍》《这样记单词最省力》……

可惜的是,我依然没能通过这些方法背下更多的单词。

套用一个时髦的句式:你懂得了很多技巧,却也没有学好英语。

我问过英语很好的朋友,她说学好英语就是背单词,不断交流,不断重复,没有更好的办法了。

人生亦是如此,只要有捷径,捷径便会成为大家的首选道路。

毕竟,每个人都想做聪明人,走捷径也比落下"笨蛋"这样的名声好,但只有走很多弯路以后,才明白原来抵达终点的路只有一条,就是自己之前瞧不上的很笨的那条路。

从来就没有什么捷径,唯一的捷径就是死磕,咬紧牙关不轻易放过自己。

很多人习惯把别人的成功归功于好运气,其实所有的好运气,不过都是实力的累积。

格拉德威尔在《异类》这本书中,提出了"一万小时定律"。

格拉德威尔一直致力于心理学、社会学研究,在调研、统计、分析了数千名"顶级大师"的成功历程后,他认为:

"人们眼中的天才之所以卓越非凡,并非天资超人一等,而是付出了持续不断的努力。一万小时的锤炼是任何人从平凡变成超凡的必要条件。"

不管是作家、音乐家、画家，还是棋手、运动员，他们之所以能成为某个领域的大师，都经过了至少一万小时的专业训练。

连达·芬奇、莫扎特这种天才都不例外。

换句话说，成功与天赋有关，但是成功从来没有捷径。纵使天赋异禀，你仍需要努力。

只有越努力，才可能越幸运。

03

你周围是否也有这样一种人，看了一千篇鸡汤文，喊了八千次励志口号，而落到实处却只是三分钟的热度，最后为自己开脱——"如果努力去做，成功的那个人本应该是我。"

他们的步子迈得很快，折腾了许久，今天挖个坑，明天刨个洞，却始终得不到自己想要的那汪泉水。

喜欢作家毕淑敏的一句话："树不可长得太快。一年生当柴，三年五年生当桌椅，十年百年的才有可能成栋梁。"

一切速成，都是耍流氓。

有些弯，必须要拐，尽管走直线是最短的距离。

有些挫折，必须经历。

卖糖葫芦的小哥都说出了经典语录：生活中的一个个挫折，就像是冰糖葫芦的竹签一样，竹签刺进了身体，却成了一生的脊梁。

我也承认，哪怕你坚持了很久，寂寞了很久，也未必能够挖到那汪泉水。

但是，为了心里的一个目标而坚持，坚持的本身，就很有意义。

最后要送给你一个忠告，坚持这件事情，真的很寂寞，你必须做好准备。

所有的不幸，
都只是下酒菜

01

我妈给我打电话："你爷爷夸你呢，说你快递回来的药效果就是好。"

我笑了，"我爷爷真跟孩子一样啊"。

从几年前开始，爷爷腿部的肌肉就开始萎缩，他一直在吃药，可总说自己从县医院拿回来的药不对症。

我从济南的药店替他买了不同的药。

爷爷吃过之后，说"这才对嘛，效果杠杠的"。

其实，我买的药跟爷爷从县医院买回来的，区别并不大。

我出版人生中第一本图书《每一首歌都有TA要去的地方》时，爷爷骄傲极了。

我特意签好自己的名字以及爷爷的名字，送给了他一本。

这本书里讲了很多年轻人的故事，还有那些流行音乐背后的往事，我确定八十岁的爷爷看不懂也理解不了。

但是爷爷仍非常小心地把书摆在炕头上，让我婶子念给他听，经常是听到某一段就评论两句，甚至听到某些片段还会掉眼泪。

爷爷其实不是我的亲生爷爷，他是我亲生爷爷的弟弟。

但是，在我的记忆里，他就是我的亲爷爷。

我刚上幼儿园时，感到很孤单，爷爷来幼儿园看我，说看到我一个人跪在地上玩沙子，他远远地喊我的名字，还是小毛头的小新冲着爷爷就飞扑了过去。

孩提时代，每逢去爷爷家，奶奶就会戴上小围裙，去家旁边的小卖部买一袋菠萝豆给我吃，那是我记忆里永远抹不去的美味，现在菠萝豆已经改名叫"小馒头"了。

求学阶段，跟我通信最多的人是爷爷。爷爷的字很端正，他每次都会特意嘱咐我要好好吃饭好好运动有一个好身体，最后的署名是"永当"，这是爷爷的名字。

中考那年，六十多岁的爷爷骑着自行车从村里到了考点，给我送了奶奶现包的很大个的包子。他知道我不吃包子里的肉，就特意让奶奶做了素馅的。我在一边吃，他就蹲在一旁，看着我笑。

上了大学,每次期末考试之后就会去爷爷家,爷爷都会塞给我五百块钱,五百块钱是我读本科时一个月的生活费,当时我觉得爷爷就是我的超级"储钱罐"。

再后来,到了爷爷家,爷爷总会说,快到炕上来,咱俩聊聊天,什么时候能找个媳妇回来呀,找媳妇不用找俊的,找懂事的最重要哇,你得告诉你爸爸,他也得保重身体了,多运动,你看我的腿越来越不顶用了……

有些故事,爷爷讲了一遍又一遍,但我也不烦,也不拆穿,只是笑着看他。

我想,爷爷当年也是个帅小伙吧,怎么就突然老了呢。

02

三岁半,我开始了自己的幼儿园生活。

进了幼儿园之后,我发现这真是一个乐园和新天地,有家里看不到的橡皮泥、画笔,还有小钢琴,这些对我来说,都是新奇的。

我在艺术上的天赋最早源于爷爷的启发,爷爷说要做一个对社会有用的人,要做一个有技术的人,要做一个有点真本事的人,爷爷说村子里有个不知道是学美术的还是学设计的人最后牛得不得了,爷爷指着我说这孩子对画画有天赋,将来一定能在建筑设计方面出人头地。

于是,我勤学苦练的准"画家"生活开始了,不过又很快结束了。

在绘画上,我没有任何代表作品,也没有出人头地,也从来没有问过爷爷是否失望过。

不过,我在爷爷家也吃过"亏"。

叔叔结婚那年,爷爷家大宴宾客,鸡鸭鱼肉都全了,紧挨着窗户的墙根下,还摆着好多黄色的、绿色的汽水。

我终于可以放开吃喝了。

等到晚上回到家,我的肚子就开始剧烈地疼,还不停地打嗝,最后吐了一地。

很感谢我妈还保留着爷爷给我写的那些信,信纸早就泛了黄,蓝黑色的墨水也有些褪了色。

翻看这些信的同时,我心中感慨万千。

写信,写很多封信。爷爷是完全不懂得浪漫的人,却跟小孙子做了那么浪漫的事。

后来,当爷爷连写字都变得困难时,仍会给我留下纸条,有时候还会写给我爸,嘱咐我爸少喝酒、注意锻炼身体。

03

爷爷家里有一个大头的姑姑,很早之前,我就知道这个姑姑和其他人不一样。

懂事之后,我才拼凑出了姑姑的样子。出生后不久,姑姑便得了脑积水,从此以后,腿部发育不良,走不了路,几乎是半瘫在了炕头上。这一瘫就是五十年。

其实,大头姑姑被诊断出来脑积水时,医生就断言:这个孩子活不到十八岁。

大头姑姑二十多岁的时候,上海有一家医院要"买"姑姑。

据说那家医院要引进一项先进技术,想在姑姑身上做实验。如果效果好,就能根治她的脑积水;如果效果不好,她可能出不了手术室。

我不知道爷爷和奶奶有没有经历过艰难的思想斗争,总之,他们不愿意让自己的女儿做"小白鼠",所以,他们没有把大头姑姑送去那家医院，大头姑姑也就一直"大头"下去了。

小时候，只知道爷爷手里有许多好吃的；长大后，才知道爷爷的手里还有许多责任。

小时候，只知道爷爷牵着我的小手可以爬高坡；长大后，才知道爷爷有多年的劳疾。

小时候，只知道爷爷无坚不摧；长大后，才知道爷爷老成了脆弱的纸片人。

小时候，只知道爷爷家里是一道港湾；长大后，才知道自己也该成为爷爷的一道港湾。

但是爷爷最终还是走了，很突然地，他便去了遥远的地方。

我曾深深地遗憾，因为文化基因的影响，我们跟长辈的交流永远都停留在吃好喝好身体好的层面，而很少深入彼此的内心。

年轻人觉得长辈跟不上时代了，见识短浅了，每次都会草草结束与他们的对话。

亲人离世所带来的最大苦楚在于，不管你多么留恋，不管你多么思念，他们都不会再回应你，你的呼唤就像拳头打在了棉花上，重重的一拳下去，深陷其中，却无任何回应。

但有一个办法，能够让他们一直不离开。

那便是，牢牢地记住他们讲过的每一句话，牢牢地记得他们跟你在一起时的每一个表情，甚至是每一声叹息。

聊以慰藉。

爷爷曾经说过的一句话，让我终身受益。

他说：不用怕，不要愁，十年后，所有的事，都只是下酒菜……

这步步紧逼的岁月，
正是生活的答案

01

做了主持人之后，有很多单位请我去做演讲或者访谈，一开始我是拒绝的。

我一开始认为，工作之余的我是自由的，恨不能唱"自由飞翔的小鸟"，而且自己也还没有老到可以用一次演讲为整个人生盖棺定论的时候。

后来想想，我可以去大学，去见除了我任教之外更多的学生朋友，便开始欣然接受邀请。

但演讲前必须要拟定提纲和题目。

我一直都想用"我们都一样"这个标题，可是每当这个题目跟我拟定的别的标题放在一起时，它就会被PASS掉，就像福利院里面黄肌瘦嘴也不甜的乖孩子，来领养的人只是扫他一眼，就领着更讨人喜欢的别的孩子办手续去了。

2010年夏天，明星K在湖北有一场演出。

抵达目的地需要四个小时的车程，当天往返。接送他们的工作人员是一个年轻的女大学生志愿者。

因为坐了一整天车，颠簸了一路，在凌晨一点多钟，那个女孩突然崩溃了。

她当着所有演员和其他工作人员的面，号啕大哭，停不下来。

K当时心里就被蜇了一下，他心想，现在的孩子都这么脆弱吗？

他问女孩：

"为什么要这么难过？当你选择做一件事情的时候，并不是所有的过程都会如你想象的美好，你做了这个决定，所有后面发生的事情你都必须咬牙坚持并且欣然接受。"

女孩说：

"你们这些明星哪里知道我们的状态！"

K感觉自己被这句话扔到了很远的地方，甚至对方主动在他们中间竖起了一道墙，说他们根本就不是一路人，更不可能做到互相理解。

K说："演员只是我的一个职业，最讨厌别人说'你是一个明星'，弄得我好像不是一个人一样。"

02

总会有人挑着眉毛跟我说：

你是硕士研究生，你是著名主持人，你是大作家，你是书店老板，你是高校老师，你光鲜亮丽，你有很多钱，你有各行各业的朋友……

言外之意无非是：

你怎么能够了解我？

你怎么能够懂我？

你怎么能够体会到我的难处？

其实，我们都一样。

我们都一样，我的父母只是普通的工薪阶层，我大学的时候，父母每个月往我的卡里打六百块，只够日常的开销。

我是一个对钱没什么概念的人，从我大学开始，就不断有人跟我借钱。借钱时，他们会说急用，等几天就还，还有一次钱被人骗了去，数额还不小。他们当中有我的大学同学、我的学生、我的同行等不同的角色。

也许是被骗钱的跟头跌得有点大，后来，我尽量不谈钱。因为谈钱，一定伤感情。

但我清晰地记得确定自己被骗了之后的那种怅然若失的感觉，当时心想，自己所有的善良，都会成为被坏人利用的资本。

一次，得知钱被骗的那个晚上，我从单位走回了家，足足花了两个小时，腿上仿佛灌着铅，每走一步都很沉重。

当然，影响最大的是失去对一个人的信任，以及后来无时无刻不在的戒备心。

我们都一样，曾被人偷过钱包，丢过身份证，也曾找人借过钱，看过脸色，方知世间冷暖。

我们都一样，曾被父母嫌弃过，被领导臭骂过，被同事的言语中伤过，被朋友欺骗过，甚至被人玩弄过感情。

我们都一样，曾被困难打得措手不及，也曾迷茫无助。

这些事情，或多或少，我们都曾经历过。

也许这个世界未曾真正温柔以待过任何人，只是因为我们戴着一副"有色眼镜",看别人的生活只看出了舒适,看自己的生活总是看到艰难。

03

作家丁丁张永远忘不了自己曾经遭遇的一场危机。

2008年对我而言是特别难熬的一年,比穷还可怕:因为要面对三十岁了。

那时候我在上海,三年没涨工资,住在一个十五平方米的小公寓,躺在床上就可以用脚把电视机打开关掉。

接着我就不停地想:我没房没车,没成家也没有爱人。

和我五年前想象的差太远了。

这种焦虑感,我曾经也有过,是我意识到自己三十五岁的时候。

在别人眼中,我的状态是:有一份体面的工作和收入,有一定的社会地位,可是,除此之外呢?

我没有结婚,父母因此而担心我是不是孤独以及今后我会不会幸福;

我不会开车,朋友因此而担心我会不会不便以及今后我还是否要继续学习驾驶;

我没有特别多的空余时间,似乎总有应接不暇的工作……

有一次,午夜惊醒,我居然茫然到不知所措。

第二天,我在电台直播节目里说:"我觉得身体的一半,已经埋到土里了。"

听友回复的留言里,也表达了各自的"丧":

年轻人嘛,现在没钱没什么,因为以后穷的日子还多着呢;

我个人的经历是，上帝为你关上了一扇门，然后就去洗洗睡了；生活会让你苦上一阵子，等你适应以后，再让你苦上一辈子；……

我们经常会自我否定，而自我否定的理由和借口，只要想找，很容易就能找到。

如此这般，跟朋友聊天的时候，我们会用那些将自己催眠了无数次的借口，换取别人的安慰和同情。

不知不觉中，我们就给自己扣上了"我真的不行"的帽子。

你发现了吗？

幸与不幸、行与不行，往往是自己选择的。

"我不行""我不幸"是自我催眠，更是一种得过且过与自暴自弃的自我安慰。

可是，你有没有想过，生活是捶胸顿足哭天抢地地抱怨管用，还是昂扬向上奋起直追管用？

04

生活，最让人不安的，其实是疾病的来袭。

《奇葩说》的邱晨，前一天拿到了癌症诊断书（甲状腺恶性肿瘤外加淋巴结转移），第二天还参加了公司的演讲比赛，甚至还熬夜做了一份PPT。

邱晨清晰地记得自己拿着医生的诊断书，从诊室的门口走到医院门口，再到上车回家的过程。从医院回到家的一个多小时路程里她都做了什么，就像是一幕一幕的电影影像，被她清晰地记在了脑子里。

邱晨从医院出来后，马上联系了做手术的医院，咨询了手术前后的注意事项，并且跟家人朋友商量了手术安排。

她跟工作伙伴交接了所有的工作,甚至没有忘记跟她的健身教练请假,说要暂停训练。

一个多小时,安排得妥妥当当。

有眼尖的观众看到邱晨脖子下面有条很长的疤痕,就在节目的弹幕里问:"邱晨的脖子怎么了?"

"有很多人都问我怎么回事,我就说我换了个头。"

邱晨一边偷偷和死神生扛、打架,一边努力地跟你讲笑话。

所以你看,艰难,其实是人生常态。

邱晨在《奇葩说》的现场讲了一段话,很多人听完后,热泪盈眶。

你的身边人,也可能就是你自己,看上去好端端的,好像没事儿人一样,但实际上很可能背负着常人难以想象的痛苦和压力。

有些人是有滚雪球一样的债务。

有些人长期被抑郁症折磨,痛不欲生。

有些人是有灾难的记忆,每晚都睡不着觉,在脑海一遍遍回放。

我看到原来每个人,都在扛着,而且都扛得挺好的。

是的，面对生活的艰难，我们每个人都在扛，尽管我们表现得很"丧"，但我们每个人也都在斗志昂扬。

我们这一生，一定要有别人无法拿走的东西，比如健康的人格以及独立的思想，还有永远向上的心。

在步步紧逼的岁月里努力生活，这才是人生的常态。

否则呢？

05

小时候总觉得自己未来会是个英雄，是要改变这个世界的，毕业后跌跌撞撞，才发现简单的衣食住行都要拼尽全力才能获得。

我真的没法做一个超人，即使把内裤穿在外面，也会被人喊"抓流氓啊"。

后来，我不得不承认，原来自己只是一个平凡而普通的人。

原来，我们都只是这个世界里的沧海一粟。

这还真是个奇怪而让人沮丧的发现啊。

我们都一样，为失恋而心痛，为背叛而愤懑，捂着自己的胸口，喝几口闷酒，睡一个饱觉，就够了。

大风可以吹倒一面墙，却吹不走一只活着的蝴蝶。

这步步紧逼的岁月，经历过了，你回过头来看，生活从来都没有因为你付出了很多而变得更容易或者更顺畅，而是你付出了更多，也承受了更多。

而这，就是生活。

世间之事，
不疼不痒，热泪盈眶

01

一次聚会，认识了饭桶哥，老实巴交的饭桶哥是一个电视记者。

之前我们总是在电梯中相遇，但只是简单地打个招呼，我们一生当中的点头之交要比想象中的还要多几倍。

"饭桶"的称谓来自于他老婆。

那个女人经常挂在嘴边的一句话便是："你真是个饭桶，也赚不来钱。"

饭桶哥不恼，也不应声，只是叫来几个朋友，一杯又一杯地喝酒。

回到家之后，又是老婆的那句："你真是个饭桶，也赚不来钱！"

饭局上，饭桶哥斜着眼睛看我："小新，主持人高高在上，你们怎么可能理解我们记者？"

紧接着，他就跟我讲起了一段往事。

五年前,饭桶哥回自己老家采访。

当时有一个二十六岁的姑娘,怀孕了三个月,去医院做阑尾炎手术,结果手术中被医生错切了子宫和胎儿。

手术大出血,医生让家属在"宫外孕"诊断书上签字,做了子宫切除手术。

这个姑娘认为之前去医院产检,医生都没有说是宫外孕,而且自己要做的分明是阑尾炎手术,她认为医院方面没有说实话,其中必有猫腻。

她满眼是泪地给饭桶哥讲:

"如果我的宝宝正常长大,现在已经出生五个月了,四世同堂会多么幸福。可做阑尾炎手术,被医生切掉了子宫和胎儿,导致我一辈子都做不了妈妈,哪个女人能接受?我和老公都是独生子,这不是毁了我们两个家庭吗?"

饭桶哥不相信眼泪,他只相信证据和事实。

饭桶哥随后去找了医院领导和卫生局领导,双方都是婉言谢绝采访。

他一边建议病人家属申请当地医学会的鉴定,一边软磨硬泡让医院领导给病人一个说法。

最终,报道播出了。

在媒体的压力之下,鉴定中心也很快做出了鉴定:医院缺乏最基本的临床检查,就为病人做了"广泛子宫全切术+盆腔清扫术+双侧附件切除术",医院手术依据的诊断是错误的。手术给病人造成巨大损伤,医院应负全部责任。

医院需要承担原告的医疗费、伤残补助费、精神抚慰金,共计十一万元。

后来，饭桶哥告诉我，其实在采访过程中，有人给他打了五万元现金，想让饭桶哥罢手，不再追踪报道。但是饭桶哥又将钱退了回去。对方追问原因，饭桶哥当即回复：

"因为我有新闻理想，我骄傲。"

回复完，饭桶哥就关了手机，喝了两杯白酒。

一夜好眠。

有人曾经当面跟我说，你们节目的记者就知道夸张事实，煽风点火，唯恐天下不乱，你们记者真是太讨厌了……

我们的记者是不是很讨厌？

记者是不是很讨厌？

在很多人心中，在某些语境里，记者着实很讨厌：

某些官员接到记者的电话马上挂掉的时候，官员觉得记者很讨厌；

采访酒驾司机，记者举着摄像机问为什么喝酒还开车的时候，酒驾司机觉得记者很讨厌；

有一个孩子被亲生父母遗弃了，我们的记者几经辗转终于找到了孩子的亲爹亲妈，他们却说你们记者很讨厌，多管闲事；

……

在我周围，好几位记者都曾经被打过，我也终于找到"为什么被打"的理由了。

实在是对不起，记者也是血肉之躯，没有洪荒之力，记者甚至都不敢反击，只能咬着牙忍受。

02

真正的记者，从来不会煽风点火，更不会火上浇油。

记者的使命只有一个，那就是寻求真相。

　　如果说新闻的作用在于突出一个事件，那么真相的作用则是揭示隐藏的事实，确立其相互关系。
　　只有当社会状况达到了可以辨认、可以检测的程度，真相和新闻才会重叠。

　　"当信息生产不再被记者独家持有时，"有人说，"记者这个职业的生存，已经没有了意义。"
　　我却在想，这要看记者及其所在的媒体，究竟秉持着怎样的价值观以及如何理解和传播我们身处的这个世界。
　　不管你是时代的记录者，还是时代的摄影师，都有可能让这个世界变得更好。

　　节目组的热线始终很忙碌：
　　"我们这水库里的鱼都死了，你们记者来看看吧，到底是什么问题？"
　　"我们小区的物业太差了，把我们业主的车锁了，不讲道理，你们记者今天中午能过来吗？"
　　"有人落水了，你们怎么还没到？"
　　接热线电话的同事，不断地说——

"好的好的,别着急,我们的记者马上就到!"

"您能再说说情况吗?我们希望能帮上忙。"

而我们的记者在路上,似乎从来没有受过伤,似乎从来没有受过委屈。

世间之事,有人听着不疼不痒,有人听了热泪盈眶。

因为当年的理想,才会十年饮冰,难凉热血。

星辰大海也好,凡尘琐事也罢,记者始终在"记着"。

有次去广东出差,我买了好大一箱荔枝,快递给了饭桶哥。

快递送达的一个小时后,他给我传了一张图片,里面是一个小女孩咧着嘴正在吃荔枝。

小女孩正在长牙的年龄,缺了一颗门牙,笑得甜极了。

书店都快死光了，
你还做书店？

01

经常有人感慨，我所在的城市是文化沙漠，直言："还有人去书店买书吗？"彼时，我所在的城市里，有太多的书店在挣扎中死去，或者正艰难地苟延残喘。

网上曾出现过一篇标题为《白岩松：为什么我们已经堕落到要推广阅读》的爆款文章。

阅读与文化发展到了这个地步，很不堪，也很无奈。

有句玩笑话是这样说的："若是想让你的朋友破产，就让他开书店吧。"

虽然是玩笑话，但也道出了书店生存的艰难。

其实，散布在城市各个角落里的书店，都有着长长的故事。试问，当下的文化环境，哪家书店没有自己难以忘却的痛苦与挣扎呢？

对于很多现状，我们习惯了这样对待——

看到了却视而不见，认知到了却装傻充愣，害怕却无力改变。

这个世界本就凉薄，何苦多情惹尘埃？

我在济南这座二线城市学习、生活和工作了将近二十年。

我的中学时代，会不定期跟我妈要二十块钱，去县城的新华书店买一本书。知道家里的条件并不宽裕，所以也不敢经常要，通常一本书买回来之后，要洗两次手才开始翻读，后来我才知道这叫"仪式感"。

我的大学时代，有个很文艺的女孩子叫玲玲，比我大三岁，她带着我去蕴秀书坊；我那会经常去的是三联书店，当时觉得这真是"书的海洋"，感到眼红；还有致远书店，我当时打量着启功先生题写的招牌，内心就会泛起莫名的澎湃……

我看过太多的年轻人，将二三十岁活成了五十岁，甚至六十岁、七十岁。

下课或下班后一直在床上躺着，周末一睡一整天，只需要一个手机、一张床就能消磨掉全部的好时光。

我时常在想，除了在一个城市里求学、工作、买房、结婚、生子、衰老……我们跟一个城市，还可能有什么关联？

换句话说，我们能为一个城市做出什么贡献？

这句话听起来有点"假大空"，于我却是真实的，一点不做假。

02

2017年4月，我和著名作家叶萱老师以及我认识了十年的兄弟华子，计划共同开发一个叫"想书坊"的书店品牌。

曾经有一段时间，我和叶萱老师是想放弃的，我们嗫嚅地说，要不就算了吧。我俩是平时买菜都算不清楚价钱的人，何苦庸人自扰。

后来，华子给我打了一个电话："新哥，不然的话，我主导做这家书店，我投钱，你和叶萱老师帮我，好吗？"

我的心里顿时升腾起了一股英雄好汉的豪气。

我有点气呼呼地给叶萱老师打了一个电话：

"老叶，一个'臭奸商'都能够不计回报地做书店，我们这些自诩'文化人'的，好意思吗？"

我在微信上发了我要众筹一家书店的消息，瞬间，我的微信就炸开了锅。

"怎么打款？""一起呀！""带上我。"

他们当中，有媒体人，有作家，有高校教师，有画家，有歌手，有生意人，有律师，还有一家银行的出纳……

我反复跟他们谈到书店在不少城市的冷遇，而他们跟我则大多数都谈到了"理想"和"梦想"。

我们只需要一团小火苗，便可点亮理想之光。

"你俩也盘算一下卡里还有多少存款。"我说。

我和叶萱老师、华子达成了共识，一旦书店真的倒闭了，我们便用自己的钱补上窟窿。

很多缘起，无非是一颗真诚的心遇到了同样真诚的心。

所以，这是一次理想的狂欢，但也可以理解成心灵的解放。冥冥中注定了我们要做的，是一家书店，但又不仅仅是书店。

我们出售的不仅仅是书，还有梦想、回忆和很多人所期许的温暖。

呵，再不疯狂，我们就真的老了；再不谈理想，我们就真的颓了。

我在书里曾经写过一句话：远方，总是让人神往。而心坚定了，又何惧远方？

那个远方，跟长腿欧巴无关，跟美女无关，跟金钱地位无关，跟学区房无关。

我常幻想自己翻开一本书，恨不能整个人都钻到书里面，然后在书里做梦。

一间房子，一杯咖啡，一本书，一群朋友，一种温暖。

有朝一日，你到这家书店，我给你倒一杯酒，希望你给我讲个鲜衣怒马或特立独行的梦想故事。

这是我对于完美生活的全部想象。

03

三个月之后，"想书坊"概念书店，揭开了面纱。

2017年4月4日，我第一次在朋友圈发出预告，我要跟两个朋友开一家书店，那条信息的点赞数是三百五十五，评论数是二百八十六，有人欢呼，有人鼓掌，有人观望，有人问我疯了吗？

2017年5月5日,我收到本地报纸的样刊,记者用了一个标题,《"城市良心"的梦想接力》,还引用了我们对"想书坊"的诠释:想,是一个充满了发散性的词——理想、梦想、畅想、冥想、想象,这些都可以在一家书店找到答案和归属。

2017年6月7日夜里,叶萱老师、华子和我去书店盯装修,书店一片空旷,我非常清楚地记得叶萱老师穿了一件黑色的运动装,不算优雅。

2017年6月25日,华子给我发了一段他在书店的视频,他哑着嗓子说:"新哥,当你看到这一切,你是不是就会觉得很值了?"听到这句话时,我直接泪崩。

2017年7月2日,我的朋友、国内知名畅销书作家宁远来到"想书坊",买了不少书,她开心地说:"去过全国那么多书店,我在这里特别有买书的欲望,你们挑的书太好了。"在这里,感谢她的鼓励。

再后来,太多媒体给了太多的厚爱,他们说——《你好!济南你好!作家书店"想书坊"》《山东首家作家书店开业:"想书坊"的梦想与布局》……

现在,我感觉"想书坊"可比我红多了。

最难忘的，自然是那些可爱的客人们。

有一位退休多年的大学教授，七十五岁的老奶奶，每个工作日都会坐在书店的一角，最可爱的是她还会做笔记。看到我走近她，她的眼睛就会眯起来："老板啊，你叫啥来着，我又忘了。"我说："奶奶，我叫小新。""对对对，小新小新，我又忘了。"

有一家四口，准确地说，一年之前还是一家三口，妈妈大着肚子，他们会点一壶水果茶，每个人都看着自己手里的书。一年之后，爸爸专门来到书店，跟我们报喜说家里的第四个成员出生了。很期待，小四同学能够早一点来书店看书。

还有那些专门来"想书坊"打卡的我的听友和读者们，他们拿着我的书，在书店门口合影，做着鬼脸，给我留言：小新，我到了你的书店了，感觉跟你的距离又近了一步。

我在心里也做了一个鬼脸，谢谢你们，谢谢每一个原本陌生的你。

04

上面所说的，当然不是全部。

比如，想象中书店里的店员，应该是坐在阳光下，慵懒地读一本书，当你走进书店，她向你微笑致意，甚至会跟你聊风花雪月。

现实是，店员基本上成了杂工，上要会选书、进书、录书、卖书、读书、推荐书、写书评，下要打扫卫生、清洁洗手间、端茶送水、洗杯子、拖地、修水管、接电线、安门锁……

一个书店老板，更是时刻经历着暴击。

如果没有持之以恒的信念，真的很难坚持。

为书店的活动免费站台，为书店项目的有效推进而被迫参加应酬，明明一生不羁爱自由，也自认为是一个神采飞扬的人，却为了"想书坊"时常灰头土脸。

我的耳边也时常充斥着这样的声音：某某书店倒闭了，某某书店关门了，你做什么不好偏偏要做书店？你逞什么英雄？

一个城市的文化氛围，本就不是一个人或者一家书店能够承担的，我也无意成为有些人口中的"英雄"。

做英雄太累太辛苦了。

我更知道，当没有多少人愿意从事这个行业，当这个行业意味着巨大的风险时，开书店就成了一个媒体人的责任与担当。

我更知道，遭受残酷的资金压力，面临各种成本的核算，哪怕长夜痛哭，我和我的伙伴们也从未想过撒手不干。

也许，这只是一种执拗。

作为一个爱书人，我深深地知道读书的意义：每个人都只能活一部分的人生，但读书，却可以让我们拥有人生另外的可能。

知人，阅世，方能见天地。

总之，无论多么寂寞和艰难的日子，我们都挺过来了。

如果你来到了一个有"想书坊"的城市，可以过来转转，因为这家店里，真的有光。

我想，陪你走很多的长街小巷；
我想，跟你度更多的春夏秋冬；
我想，带你辗转却不流离；
我想，给你热烈而又安稳。

背台词的人生，
定非我所愿

小时候的我有一个终极疑问——为什么《新闻联播》的主播记忆力都那么好，能够背得了那么多的台词。

这个终极疑问，也发生在很多人的身上。

等我真正成为一个电视新闻主播的时候，才知道这个世界上居然有一个神奇的存在：提词器。

曾经有四五年的时间，由于总监的执念，我成了我们电视台少数不用提词器的电视新闻主播之一。但是这带来了一个巨大的难题，那就是我手里拿到的节目稿通常是只涵盖新闻主题的冷冰冰的描述。

当某些主播有帮手帮他们润色主持稿的时候，我却总是孤军奋战。

如何在电视节目中呈现观点，如何通过评论给新闻事件做延展，这成为我每天必做的功课。

01

在我主持的新闻节目里，播出过一条片子。

某个清晨,一个大三的女生在寝室里分娩,因为难产而意外死亡。

当时我在演播室里直播,而演播室外坐着我的一位值班领导。

领导通过耳机给我传达了指令。

他说:"小新,这条片子的评论,只传达出一个意思就可以了,那就是女生应该自重。"

听到这句话,我的心里翻江倒海。

我是一个主播,我是一个经过了七年法学专业教育的主播,我是一个期待在自己的表达里体现道义和情感诉求的主播,难道我只能表达这样一条生硬的结论吗?这就是我做这个工作的意义吗?

2008年,我从母校山东大学法学硕士毕业之后,一位导师表达了强烈的不满。

她语重心长地跟我说:"小新,你还是应该继续读法学博士,待在高校里做学问。"

我的心里却莫名涌出了一腔孤勇,如果我真的如愿在高校做了一个教师,能听我讲课的最多不过一百人。而如果我能够顺利成为一个媒体人,那么你真的想象不到你的所感所想所悟能够传播多远的地方、多长的时间。这大概就是我希冀成为一个媒体人的源头。

直播那一刻,很多画面在我的脑海中闪现。

我迅速地整理思路,争取从这条新闻中剖析出更多的新闻元素。

短片结束后,我的表述是这样的:

第一,在我们的语境里,往往会把个人行为跟他所在的单位做链接,就如同这一起事件中,是不是要过分强调学校的责任呢?我的答案是不要。因为步入成年之后,大学生是完全可以自主决定自己行为的,而很多教师,当面对这样的特殊事件时,可能真的不知情。大学管理者的触角甚至很难触及私人事件当中，这本身也是我们对大学管理者的要求。

第二，在一个普通家庭里，新生命的降生饱含着太多人的期待，可是这个小生命在降生之前，他的父母亲需要经历太大的思想震荡，他们是胆怯的、不安的、战战兢兢的，他们不知道此时到底该向谁来求助。你困惑迷茫时，不敢向周围的朋友甚至是亲人求助，这是很大的悲哀。

第三，当今的时代早就不是三十年前谈性色变的时代了，对当今的大学生而言，只要到了法定的年龄，符合国家相关政策，校方不反对本科生在校期间结婚生子，学生有自己选择和决定的权利。而对于更多的家长以及高校的管理者而言，大家普遍没有认识到这一点。

第四，成年人的社会里，信奉一个重要的法则，为自己的行为负责。所以，当你还没有做好准备成为一个妈妈时，你就要谨慎对待性，起码应该做好足够的保护。

结束直播，走出演播室，那位值班领导看着我，笑着离开了，此外没有多余的表达，那便是最好了。

做新闻节目这么久，我从来没有祈求从领导那里得到表扬或是赞赏。

我说的每一句话，都没有考虑过他们的感受，我在乎的，是电视机前我看不见的更多人。

02

2018年的"山东3·15主题晚会"的现场，这已经是我第六年主持这个活动了。

其实那一天最大的新闻并非消费维权，而是就在前一天，物理学家霍金去世。所以这一天每个人都在讨论这件事,媒体也是铺天盖地地报道。

对于一个新闻主播而言,不管在什么场合,主持什么类型的活动,往往会跟当天的新闻做链接,这是习惯,也是一种更高的职业要求。

我当时是这样表达的:

我相信,不管是电视机前的您,还是现场的您,今天朋友圈里都在刷一个重要的信息,那就是知名的物理学家霍金去世了。在霍金办公室的墙上,贴着这样一段话:"不管在什么时候,我们都不能忘记头顶的星空,要永葆好奇,永远前进。"如果说霍金研究的是我们头顶的星空发生了什么,那么3·15这一天,我们更关注我们的日常生活中到底发生了什么,特别是你遇到的纠纷和维权。

当我走下舞台,并不相熟的现场导演转达某领导的"指示":"小新,你还是尽量背词,不要现场发挥了。"

我笑了笑,一字一顿地说:"你也告诉那位领导,如果找背词的主持人,下次请千万不要找我了。谢谢。"

那个导演白了我一眼,走开了。

03

曾经有一条新闻被刷屏,标题是《十岁女童自杀身亡,只因老师不让考试》。

在江苏,有一个十岁的女孩因为成绩差而在家中服药轻生,留下一段三分二十五秒的告别视频和三百七十四个字的两页遗书。

女童在遗书中说:

"当你们看到这封信的时候,我可能不在世了,因为我学习不好,我死不是因为爸妈,也不是因为老师,是因为我自己……

"我走了你们也不用天天打我骂我了,虽然爸爸妈妈打我骂我,但我知道都是为了我好。"

女孩的妈妈跟记者说,她的女儿学习成绩下滑得厉害,老师时常叫她去学校,到学校后她多次看到女儿在走廊上罚站。

后来,老师说"不让女儿参加期中考试"。

因此,她推测女儿可能是因为"承受的压力太大",才寻了短见。

这位妈妈还补充了一句,说自己的女儿是个活泼开朗的女孩,"有什么事都会跟父母说"。

后来,我看到很多人都在评价对未成年人进行生命教育的重要性,以及不断地诘问:现在的孩子怎么了?心理素质这么差吗?

当时我在节目里是这样表达的:

第一,有很多人都会说,这个十岁的孩子心理素质太差了吧。这样的表态多少有些站着说话不腰疼,因为你是过来人,很多事往往会看淡,你能说你小时候没有为考试考砸了而想到离家出走甚至是了结生命?

第二,我在节目中反复表达过一个观点,小学教育只是启蒙教育,重在培养孩子的学习习惯,甚至更重要的是让孩子爱上学习,而非爱上考高分。这个理念必须由家长和老师共同灌输给我们的孩子。

第三,悲剧已然发生,在天堂里终于不用考试了,我更想告诉更多孩子,小新哥哥的小学同学,有一次考试考了三十五分,但后来考上了博士。孩子们,生命太宝贵,而生活真的很美好。

直播节目当中的用语是不够准确的，但我尽可能表达出我个人的观点，而不是陈词滥调。

我不希望在交通事故中永远都是简单的一句"行车注意安全"或者"开车不喝酒，酒后不开车"；

我不希望在自杀事件中永远都是轻描淡写的一句"每个人的生命只有一次，千万要懂得珍惜"；

我不希望在弃婴事件中永远都是貌似旁观者的一句"虎毒不食子"；

……

04

我之所以不喜欢背台词，是因为我从来不觉得生活里的答案只有一个，生活的真相永远都是相互交织甚至是纠缠一气的。

就像我在听薛兆丰老师的经济课时他讲过的一个例子。

如果只有一笔奖学金，是应该把这些钱给又穷又笨的孩子，还是给那些又穷又聪明的孩子呢？

有人说肯定应该给后者，因为钱投给他们才有希望。

也有人认为，同等条件下，聪明人脱贫致富更容易，而笨人变聪明实在太难。所以若要真的扶贫助弱，那么应该把钱给前者。

我没有答案，生活里的答案，有另外一个名字——选择。

你的答案，构成了选择；你的选择，也是答案。

《壹读》创刊一周年时，出品人林楚方写了一篇很有影响力的文章，其中有一段说：

我理解的媒体，不是杂志，不是报纸，不是PC，不是手机，而是一群人,这群人的素质、表情、智商、品位,决定了他们能做什么。

我们的眼睛决定了,不论我们如何转动,永远都只能看到一百八十度。

而生活是三百六十度的,所以,总有一些我们不知道的苦楚,总有一些我们不知道的窘迫。

那些苦楚和窘迫,才是需要一个主持人去传递的"声音",因为这才是生活本身。

CHAPTER TWO
感谢昨天和今天，更好的，在明天

总有些残酷的真相大白，娓娓道来讲给你听。
命里有风，注定漂泊，
深夜启程，再向远方。
感谢昨天和今天，更好的，在明天。

绝望过，
才更能握住手里的幸福

~~~

01

我的同事夏小紫结婚六年了，一直不要孩子。

我们算是同一个坑里的战友，我目前单身，而她则一辈子都不想要孩子。

她劝我，我劝她。

夏小紫说："小新，你再不结婚，我简直要怀疑你的性取向了。"

我说："怀疑得好，怀疑得妙，你的怀疑呱呱叫。"

我说："夏小紫，孩子是你生命的延续，是世界对你的馈赠。"

夏小紫说："我觉得我小时候太不快乐了，我不希望自己的孩子将来也不快乐。"

02

每次回想起"我的童年"这个话题，夏小紫就会想到两个字——

一个是揍,一个是疼。

有一次爸妈骑车载着夏小紫去城里买东西。应该是上午九十点钟,夏小紫调皮,坐在妈妈车后座上的她想换爸爸来载自己,就从自行车上跳了下来。

结果,爸爸妈妈压根就没有等她,骑着车子走了,留下夏小紫一个人在风中凌乱。

可怜兮兮的夏小紫就在跳下车的地方坐了整整一个上午,一直等到中午爸妈买完东西折返回来的时候,夏小紫才等到了他们。

"小新,幸亏那时候民风淳朴没有遇到人贩子呀。"

回到家之后,爸妈让夏小紫待在门外,她被罚站了两个小时。

夏小紫说,一个人的心死,从来都不是一次性完成的。

夏小紫的爸爸非常喜欢侍弄花花草草,阳台就像一个美丽的花房,夏小紫想象过自己就像一个美丽的花仙子,出现在花房里,可是爸爸压根就不让她靠近那些花花草草。

爸爸皱着眉头说:"这些花草金贵着呢。"

夏小紫心里想,到底是人金贵,还是花花草草金贵?

为了一点小事,爸爸都会抄起身边能抓在手里的东西——不管那是一把笤帚,还是一个电视遥控器,甚至是一个装满了开水的暖瓶,冲着夏小紫扔过去。

六岁的夏小紫想到了离家出走。

她看到的听到的周围小伙伴的爸爸完全是另外一个样子。

隔壁的妞妞都七岁了,还被她爸爸擎在肩膀上,妞妞在爸爸的肩膀上笑得脸都歪了。

夏小紫宁愿自己的脸一直歪着,可是她没有那样的机会。

而偏偏夏小紫又是犟脾气，每次挨打的时候，她都忍着眼泪，但是鼻涕却憋不住、藏不了。

有一次挨完打之后，一低头看到碗里的米饭，自己当天吃的几乎就是一碗鼻涕捞饭……

我问夏小紫："你有没有想过，为什么小时候会是这样的遭遇？"

夏小紫说，从她懂事开始，她就在思考这个问题。

因为自己贪玩学习不好？

可是那是小学一二年级的事情，从上三年级开始，夏小紫的学习成绩一直都是班里前三名，还当上了班长。

她后来又想，是不是自己不是父母亲生的？

可是偷偷问过最疼自己的叔叔婶婶，他们笑小孩子瞎想，看周围人的目光，自己也不像是非亲生的小孩。

那么到底为什么呢？夏小紫找不到答案。

几年的时光，夏小紫把自己活成了一个假小子，活脱脱一个大声笑大声说话的疯丫头。

这一切，无非是要一个人学会坚强，甚至是假装坚强。

而这时，爸爸却反复夸隔壁家某某的女儿真是温柔可人，再看看你……

一直到上大学，夏小紫离开了父母，有了更多的朋友，甚至有男孩子追了，她心里才终于不再孤寂和悲伤了。

有人爱的感觉，真的很美。

夏小紫第一次跟老公接吻的晚上，她对老公说了一句"谢谢你"。

夏小紫在某一刻觉得自己真的就像《天龙八部》里的阿紫，投身于左道旁门，明知深陷其中，却又无法自拔。

阿紫从来不知恐惧，不知愁苦，只因她从来没有过真正的渴望。直到遇到萧峰，她才终于找到了自己爱的人，才陷入真正的恐惧当中。她每时每刻都在害怕对方消失。其实，对方从来就没有给予过她半分爱，这才是悲剧。

我们翻山越岭不畏人言，我们穿越人海抵抗自私贪婪，不过是为了找到爱。

03

大学时代，每一年过年，夏小紫几乎都是全学校最后一个回家的。

她羡慕地看着寝室里最恋家的弯弯，弯弯说小时候喜欢吃瓜子，爸爸就把瓜子一个个地扒开，把瓜子仁放在小盒子里，结果一小盒的瓜子仁，弯弯一次性都填到了自己的嘴巴里。

旁边弯弯的爸爸满脸的宠溺。

这是夏小紫压根不敢想象的事情。最怕的是，每次回家早了，夏小紫都不知道该跟谁套近乎。是的，在自己家里，她还需要套近乎，这事听起来真可笑。

大年三十的上午，夏小紫回到了家。

跟往年几乎没有什么不同，妈妈在炸鱼，爸爸在侍弄他的花花草草。

当然，也有很大的不同，夏小紫发现家里多了新成员——一条小狗，是一条可爱的吉娃娃。

"妮妮，妮妮，这么不听话，快快，过来吃饭了。"妈妈一边炸鱼,一边丢过来两块鱼给这条叫作"妮妮"的吉娃娃。

爸爸看着妮妮,也露出一副慈父的表情。

夏小紫和老公都是非常喜欢狗的,可是不知为什么,看到父母恨不能把那条叫作"妮妮"的狗当成自己孩子的时候,她心里生出了一种恨意。

吃着午饭,夏小紫满脸沉郁地对父母说:"把那条狗送出去吧。"

就好比一个小石头被丢到了大海里,她的话压根就没有掀起任何波澜,父母都没有理她,似乎把女儿的话自动过滤了。

"我觉得,那条狗还是应该送给别人,咱家别养了。"

"这养得好好的,我和你爸都很喜欢妮妮呀。它很听话的。"夏小紫的妈妈面露难色。

"我找人算了,这条狗和我犯克。"

爸爸把筷子拍在了桌子上,没吭声,去了阳台,继续去侍弄他的花花草草。

妈妈小声问她:"到底怎么了?谁惹你了?是不是妮妮不听话了?我教训它。我觉得就养着吧,也给我和你爸爸当个伴儿。"

夏小紫听到"给我和你爸爸当个伴儿"的时候心软了一下,可是,她依然犟着:"不行,送出去,否则我以后就不回家了。"

夏小紫心里是在打一个赌——我,在父母的心中是否重要?

在狗和我之间,父母的选择是什么?

其实在打这个赌之前,夏小紫是悲观的。

"行,可以送出去,你爸那边我去说服他。"

夏小紫悬着的心放下了,可又觉得自己着实不孝,一头细密的汗渗了出来。

04

两个月后,夏小紫和老公一起回家。

楼道里遇到了隔壁的张奶奶,夏小紫热情地握住了张奶奶的手:"张奶奶,我们家那条小狗怎么样呀?"

"你说妮妮呀?挺好的挺好的,昨晚上还见你爸遛它呢。"

"我怎么听我爸说妮妮生病了,没事吧?"夏小紫紧紧握拳,指节发白。

"好着呢,活蹦乱跳的,一点问题都没有。"

"好的好的,张奶奶,您保重……"

张奶奶感慨道:"这闺女,从小就懂事。"

夏小紫的脚步变得沉重了很多,从一楼到四楼,她走得很慢,不断地喘着粗气。

进门的那一刻,夏小紫就问妈妈:"送人了吗?"

"什么?"妈妈的眼睛不敢直视夏小紫。

"我问,狗,送出去了吗?"

"送,送了呀。"

夏小紫指着沙发上的一缕狗毛："真的送出去了吗？"

"那是之前留下的，没收拾好。"

这时，爸爸从花房里出来了。

"得了吧，你们压根就没送，张奶奶说了，昨晚我爸还遛它呢。"

"你还知道我是你爸爸？"爸爸把手里的花盆狠狠地摔在了地上。

夏小紫的老公呆呆地站在一边，不知道是否该接话，接话了又该说什么。

那个瞬间，难熬且尴尬。

再后来，夏小紫一家去奶奶家吃饭。

婶婶拉着夏小紫的手，说："夏小紫，怎么又瘦了？是不是在外面吃不好？"

婶婶又转过头来跟夏小紫的老公说："来，让婶婶看看咱家的大帅哥，是不是配得上咱家的大美女。"

好像全家人当中，只有叔叔和婶婶关心夏小紫。

满桌子菜，有鱼有肉，有菜有汤，不同的面食，不同的食材，不同的做法。

奶奶说了一句："可以留点骨头给妮妮。"奶奶居然也知道那条小狗的存在，而且还挂念着它。

"奶奶，我想摔死我们家那条狗……"夏小紫咬牙切齿地说。虽然她也觉得自己很可笑——居然跟一条狗去争宠。

"夏小紫！"爸爸喝止她。

"必须摔死，否则我就去死。"说完这句话，夏小紫就用头去撞墙，好在婶婶一把抓住了她。但夏小紫的头上还是留下了一个好大的包。

夏小紫知道自己的要求很无理很莫名其妙很残忍，但是她内心里的小野兽已经站了起来，露出了尖利的牙齿，泛着寒光。

那只小野兽曾经是缺爱，后来长成怨恨，现在已进化为报复了。

这是所有人印象里那个懂事的夏小紫吗？

小时候，夏小紫连踩断了一条蚯蚓都要难过好久，直到周围的小伙伴说蚯蚓断了还可以继续生长甚至可以长成两条蚯蚓后，她才收起了眼泪。

可是，现在，她怎么了？

叔叔和婶婶找夏小紫聊。

夏小紫说：

"婶婶你知道吗，我从小就没有感受到我父母的爱，我觉得自己压根就是可有可无的，结果，现在出现了一个妮妮，而且我父母那么爱它，凭什么？为什么？我真的还不如一条狗吗？

"我非常喜欢狗，我和我老公还养着两条小狗，可是不一样的。我无法理解我父母曾经对我的冷漠，就像我无法理解我父母对一条狗的喜欢。我必须摔死妮妮。

"叔叔婶婶，你们知道吗，很长一段时间里，我都宁愿自己没有父母而是一个孤儿，因为父母应该代表着爱和港湾啊，可是我没有感受到，我真的没感受到，从来都没有……"

说到一半的时候，婶婶就开始流眼泪。

夏小紫也开始哭。

小时候爸爸打她时，她没有哭；她觉得自己不是父母的亲生孩子时，她没有哭；离家出走又不知道去哪里最终只能回家时，她没有哭；举起小刀想往自己的手腕上割而最终没有勇气时，她没有哭。

婶婶说："这个事，我去跟你父母沟通吧。"

奶奶屋前的空地上，妮妮还在撒欢地跑，爸爸妈妈、叔叔婶婶、夏小紫和老公都在。

妮妮亲昵地跑过来，冲着夏小紫的鞋子舔来舔去。

夏小紫是那么爱狗的女孩子啊，此时她俯下身来，抱起了妮妮，站起身来，闭上眼睛，从嘴角哼了一声，举起那条狗，然后就听到狗发出了一声惨叫。

离夏小紫半米左右的柏油路面上，妮妮侧躺着，剧烈地颤抖着，眼角里有泪。

最先受不了的是夏小紫的老公，他飞扑过去，捧起那条小狗，大哭起来。

"为什么？夏小紫，你从来都不是这样的人，你为什么非要……"

他拉起夏小紫，抱着妮妮，发动了车子。

他本想在附近找一家医院，可是没有找到，后来直接上了高速回到城里。

夏小紫的老公找到他们平时去的宠物医院。那家宠物医院是他的一个好朋友开的，他委托朋友把妮妮医好送人。

"不管多少钱，你帮我把这条狗医好，我不许它出事！"

夏小紫的老公双眼通红，像点染了红墨水，在眼眶里弥散开。

夏小紫呆呆的，不说话，咬破了嘴唇。

05

我把这个故事讲给你听，我担心你会本能地排斥。因为爱动物，几乎是人的本能。

夏小紫同样如此。

那天，办公室里就我和夏小紫两个人。

聊着聊着，夏小紫突然哭了。

"小新，你知道吗？从来没有一个人懂我。连我老公都不理解，喂，他是我的枕边人啊，当时他觉得我是神经病。

"后来，每当看到电视上演到禽兽一样的父亲时，我就会告诉我老公，我小时候一度想杀死我的爸爸，他好像慢慢能懂我了。"

夏小紫家每一个房间的门锁之前都是有锁的，后来全被卸了下来。

每次她爸爸打她，夏小紫都会躲在某一个房间里，所以，她爸爸就把所有门上的锁都卸了下来。

你能够想象一个五六岁的女童，一个十二三岁的少女，被爸爸追逐着痛打的画面吗？

孩子的心里，是装不了气的。

夏小紫打开父母的衣橱，把爸爸最钟爱的那件中山装和妈妈最爱的那条连衣裙，都剪了个大窟窿。

不出所料的，招来了更痛的打骂。

最让夏小紫不能理解的是，她爸爸一直不觉得自己错了。

他骂女儿："你不好好学习，我不揍你吗？你不听话，我不揍你吗？我向你道什么歉？"

爸爸青筋凸起，眼睛被气得通红通红的，同时一巴掌又扇到了她的头上。

那一刻，她所有的记忆都被翻捡出来，她连个躲的地方都没有。

讲到这些的时候，夏小紫一开始还是控制的，之后，她就很用力地哭。

旁边办公室的人跑到我们门口，我冲他们摆摆手。

夏小紫一直没有要孩子："小新，我第一次跟别人说，我真的怕了，我很怕我会同样对待我的孩子。

"我知道我是他们的独生女，我也害怕他们有一天会老，但是，我的恨，超过了爱。"

整整一年，夏小紫没有和父母通过电话。

夏小紫找到了妮妮的新主人，跟她成了朋友，偶尔会去看看妮妮，跟妮妮说说话。

妮妮记性很好，见到夏小紫就开始抖，有一次甚至直接尿在了地板上。

有一个晚上，夏小紫的叔叔喝醉了，给她打来了电话。

叔叔讲了很多故事，说刚出生的夏小紫属于早产，夏小紫的爸爸守在病房外面待了整整三天，几乎不吃不喝。

夏小紫上大学，夏小紫的爸爸很高兴，骑着自行车去所有亲戚家报喜。

"这样吧，夏小紫，我替他们给你道个歉吧。"电话那头的叔叔抽泣着。

在我们还不确定自己是否长大的时候，就看着自己的孩子出生，一天天成长。该怎样做父母,我们的内心是不确定的。我们只能按照经验里的概念、规则拼凑出自己为人父为人母的模样。

"但夏小紫,你要相信叔叔,你父母都很爱你。"

夏小紫想起某一个傍晚,由于期末考试考了第一名,爸爸很开心。爸爸拉着夏小紫的手,跟卖雪糕的奶奶说:"来一根最贵的。"然后,就把那根雪糕递给了夏小紫。

空气里,弥漫着栀子花的香。

可是,夏小紫呢?

她先是以为自己听错了话,或者压根就是在做一个梦。

夏小紫颤颤巍巍地伸出右手,那根雪糕却被她掉在了地上,"啪"的一声,刺耳极了。

爸爸回头瞅了女儿一眼,哼了一声,语气里充满了鄙夷。

终究,那天,九岁的夏小紫没有吃上雪糕。

夏小紫在心里对自己说,本来,那根雪糕就不该属于自己。

"爱,是有的。"

这才是夏小紫最在乎的一个判断,这也是治愈夏小紫的一味药丸。

爱,是有的,本就应该有的。

也许,只是表达方式错了,或者理解错了。

也许,很多人,很多事,真的是我们错怪了。

06

我们往往身陷幸福,却不知道那叫幸福。

我们往往经历过绝望,才能把握住手里的幸福。

什么是幸福?

幸福是心安理得地沉沉睡去，幸福是在父母那里享受到无尽的爱，幸福是在外人面前的自信心爆棚。

我不想看到血淋淋的成长。

我希望父母给孩子的是永远的陪伴和鼓励，虽然这句话很鸡汤。

每个适合熟睡的夜晚，
我都在想你

01

我认识桂兰阿姨是源于一次采访，她的标签是"自杀未遂者"。

她握着我的手，撕心裂肺地哭着："小新，他们为什么不让我死？为什么连死的机会都不给我？"

她的指甲几乎嵌入我手背的肉里，我一直没动，只是陪着她哭。

后来，桂兰阿姨不哭了。

她说，当她吃下一百粒安眠药后，她以为自己能忘记儿子，可以享福了。

她说她觉得自己过的每一刻都是在遭罪，每一天都度日如年。

桂兰阿姨今年五十九岁。

如今，在她空荡荡的家里，只有她孤身一人。

那天是六一儿童节，窗外的阳光很好，但桂兰阿姨家里拉上了所有的窗帘,房间里一片昏暗,分不清楚是白天还是黑夜。

桂兰阿姨说,自从儿子走了之后,家里的窗帘就没换过,也没拉开过。

"你看看,孩子买的酒,一直留到了现在,谁也不能喝。"

桂兰阿姨亲吻着酒瓶,一只手不停地在酒瓶上摩挲。

像大多数五十年代出生的人一样,经济困难、上山下乡、下岗再就业,这些经历桂兰阿姨一样都没落下。

桂兰阿姨的儿子是早产。

桂兰阿姨做手术打麻药醒来的时候,孩子待在保温箱里,医生不让见。

桂兰阿姨问爱人最多的问题就是:"咱们的孩子真的活着吗?"

孩子在保温箱里待了二十三天,桂兰阿姨的心就一直揪着。

总觉得亏欠儿子太多,儿子出生后,桂兰阿姨所有的一切都是围着儿子转。

都说早产儿聪明,桂兰阿姨的儿子果真既聪明又懂事,一度成为她的骄傲。

儿子七岁那年,桂兰阿姨故意逗他:"以后爸爸妈妈死了怎么办?"

儿子当真了，哇哇大哭，边哭边喊："我会好好地孝顺你们，永远照顾你们，你们不会死。"

之后，桂兰阿姨再也没有跟儿子开过类似的玩笑，她怕自己心疼，也怕儿子心疼。

从上学到工作，儿子都很省心。

每年中秋节，每年过年，家人过生日，一家三口都会围坐在一块儿。

看到一年级的儿子拿着三好学生的奖状跑回家，桂兰阿姨笑了。

看到儿子对一条收养的流浪狗爱惜得不得了，桂兰阿姨笑了。

看到儿子夹在日记本里的女班长写给他的情书，桂兰阿姨笑了。

看到有一天早晨儿子非要自己洗内裤，桂兰阿姨笑了。

桂兰阿姨的眼睛里、心底里对儿子充盈着的全都是爱。

不幸开始于2009年2月，儿子被查出癌症晚期。

肝癌，是癌症之王，无解。

医生建议服用恩替韦卡分散片来提高免疫力，并服用一些保肝药物，不建议做其他治疗。

一个月之后，儿子腹胀明显，食欲大减。

桂兰阿姨哭着求儿子："儿子，再吃点……替妈妈再吃点……努力……"

病床上儿子的手一直在颤抖，看着妈妈的眼睛，无奈地摇头。

一行清泪，从儿子的眼角流淌出来。

桂兰阿姨心痛得仿佛心尖被狠狠地揪了起来，呼吸一下都觉得痛。

再之后，儿子睡觉的时间越来越多了，说话逐渐变得含混不清，思维也减慢了，就像回到了小时候。

不不，小时候的儿子还会哭。

现在的儿子，不哭不笑也不闹。

又过了一个月，儿子走了。

最终，桂兰阿姨的儿子忘了自己在七岁那年说的话。

当时，他扬着小脸哇哇大哭，奶声奶气地喊着："我会好好地孝顺你们，永远照顾你们，你们不会死。"

那可是一句承诺。

只是，孩子不懂什么叫永远。

我们又怎么能奢望一个孩子的永远呢？

桂兰阿姨说以前她最喜欢过节，过节了一家人热闹，但现在她最怕过节，过节了孤苦伶仃。

别人是在过节，她是在过关。

不怕死，怕活着。

不怕病，怕过节。

不怕静，怕热闹。

每个周五的晚上，是桂兰阿姨和老伴儿心灵释放的时间。

周五晚饭过后，他们就会拿出儿子的照片，像举行一个重要的仪式一样。他们有时候默默流泪，有时候号啕大哭。

那是他们唯一的骨肉，他们唯一的孩子。

桂兰阿姨说，在埋葬儿子的时候，其实也埋葬了自己，儿子没了，妈妈也就死了。

她学会了喝酒，学会了抽烟，老伴儿本来还想阻止，后来干脆陪着她一起喝，一起抽。

桂兰阿姨家门的内面，贴着一张提示便签，字写得很大，是"出门四件事：关灯关煤气带钥匙带手机"。

在我国人口老龄化问题日趋严重的情况下,相关部门也针对失独家庭出台了政策。现在桂兰阿姨每个月都能拿到一点补助金。

"从发给我那个卡开始,我就把它放在床头柜上,我没动过。那是儿子'赚'的钱,不能动。"

说话时,桂兰阿姨的血压又升高了,左手发麻,索性把左手放在脖子后面。

我说您赶紧吃药吧,她不肯,后来叹了口气,吃下了降压药。

"有时候想想吃药干吗?还不如跟我儿子一起走算了。"

准备安葬孩子的时候,两个人去订墓地。

桂兰阿姨的老伴儿跟工作人员说:"我们俩的也一起订下吧,就安在儿子旁边。"

看到我第一眼时,桂兰阿姨脸上带着一丝勉强的笑容。

我们面对面坐下来后不久,两行泪就从她的眼睛里流了出来,她也不去擦。

整个交谈过程中,那两行泪,始终挂在桂兰阿姨的脸上。

临走的时候,我抱了抱桂兰阿姨。

她又哭了,说:"小新,我再也找不到抱着自己儿子的感觉了……"

我不知道自己能回答些什么。

我该说把我当成您的儿子吗?还是别的什么?

只是,当作的,怎么能是真的呢?

02

山东临沂,郯城县小李庄。

黑瘦黑瘦的老李，今年五十岁，有点像罗中立的那幅油画《父亲》里的原型。

2012年5月，老李二十三岁的儿子死于工地上的一起意外事故。

出事之后，夫妇俩的记忆就一直停留在那年5月，关于孩子的回忆也终止于孩子打工的那个工地。

孩子的卧室里，只有一张床和一个行李箱，上面落满了厚厚的灰。

还有一张孩子的照片——一个很瘦的男孩，冲着镜头咧嘴笑，做着剪刀手的造型。

这里曾是老李夫妇俩最爱来的地方，现在却成了他们的心头之痛。

有时候外面有人喊爸爸，老李就会冲着爱人喊："快点快点，孩子回来了，孩子的声音……"

老李嗫嚅着说："一直就是做梦儿子在外面打工……醒了就哭呗。"

孩子出事的时候二十三岁，按照农村的习俗，已经到了结婚生子的年龄。

为了准备孩子的婚事，2011年的年初，夫妇俩花尽了半生的积蓄，盖了新房。

在村里，孩子和房子就是一个家庭的梦想。

当时一家人盘算着一边挣钱一边装修，孩子出事后，房子装修的事情就搁置了。

几年的时间过去了，天花板和墙壁都还只是毛坯。

"如果不是缺钱，孩子就不会去工地打工，就不会出事。如果早点找对象留在家里，也不会出事。"

对于儿子的死因，老李只是简单地描述：叉车倒了，被车砸死了。

老李赶到现场,就发现有人躺在一辆小叉车的旁边,身上盖着蓝布,旁边有一摊猩红的血。

老李一把掀开了那块蓝布。

真!的!是!儿!子!

儿子出事后,老李夫妇俩每天早上起床后做的第一件事情,就是打开电视,电视一开就是一天,直到夜里。

有时候故意挑虐心的节目,现场观众会哭成一片的那种。

每个人都有各自的惨,每个家庭都有每个家庭的不幸。

通常一个节目看到最后,夫妻两个人,一个在床这头,一个在床那头,抹着眼泪。

有一天,老李突然嘟囔着:"要不咱们再要一个娃娃?"那一年老李五十二岁,老伴五十岁。

折腾了几次,无果而终。

想起电视上播过一家不孕不育医院的广告,两个人魔怔了似的去看医生。

在济南的一家医院里治疗了半个月,花了五六万,医生说不能治了。

前前后后住了两次院,钱也没少花,就是没怀上孩子,老李又换了一家医院,医生说他们已经不能再生孩子了。

"人家六七十的老头都能生,我怎么就不能生呢?"

老李揪着医生的衣领,他知道自己这么做不对,可就是忍不住。

一周之前,老李在福利院找到了一个孤儿,目前已经跟福利院达成了初步收养意向。

聊天间,我想跟老李他们到附近的公园转转,老李的爱人犹豫着答应了，可老李却拒绝了。

一路上，老李的爱人几乎没怎么和我说过话，她像是在自言自语：

"你说，哪能不想呢，除非我死了，我才不会想。我在一天，我就要想他一天。

"晚上看到天上的星星，我就在想，我的孩子是不是在天上看着我们，看着我们过得怎么样。

"有时候星星眨呀眨，我认为是孩子在跟我说话。"

有人说，回忆若是会扯痛你，不如忘记。

有些事情，用一秒钟、一分钟、一个小时便可以忘记，可是有些事情，用一生都无法忘却。

03

2015年，龙阿姨三十岁的女儿自杀了。

龙阿姨的家里，到处都挂着她的艺术照。这是今年春节前，几个义工为了让她高兴，特意带她去照的。

"以前全部都是我女儿的相片，后来，心里不好受，就把她的相片都摘了，放了起来，把我的相片挂出来了。"

但龙阿姨还是会忍不住偷偷去看女儿的照片，看完心里更难受。

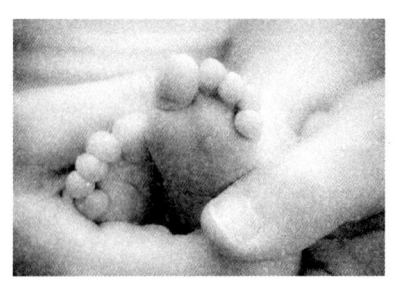

女儿出事的当天早上,她还陪着龙阿姨去菜市场买了菜,路上还答应母亲会早点找个男朋友结婚,好让父母享受天伦之乐。

龙阿姨对女儿说:"我跳广场舞的姐妹们问我女儿为啥不找对象,我不知道怎么回答,都觉得有点抬不起头来了。"

女儿说:"放心,妈,我不会给你丢脸的。"

这是女儿留给妈妈的最后一句话。

龙阿姨的爱人给她打电话,咆哮着说:"快回来,女儿出事了!"

骑着自行车的龙阿姨,车身一斜,摔了一跤,后面车里的司机大声吼着:"没长眼睛吗,搞什么搞,想死回家死去……"

龙阿姨后来干脆把车子甩在一边,跑回了家,到家门口时才发现,鞋子掉了一只。

没想到,女儿真的死在了家里。

龙阿姨说,女儿小时候很听话,一放学就趴在这张桌子上写作业,尤其喜欢做数学难题,累了就听听歌,一直都是个乖孩子,也从来没有给她和爱人惹过祸。

怕睹物思人,龙阿姨就把女儿的照片、遗物全都烧掉,仅剩一块女儿初中时在"希望杯"全国数学邀请赛中获得的三等奖奖牌,"挂在墙上十几年没有动过"。

女儿走了之后,有风言风语传进龙阿姨的耳朵里,说她的女儿有问题,不想结婚却一直被父母逼迫,无奈之下,只好自杀。

"我女儿很阳光的,知女莫过母,他们都是瞎胡扯!"

"可能我们当时太逼着她了,不过男大当婚女大当嫁,这有错吗?"

是啊,这有错吗?

缓了缓,龙阿姨跟我说:"多希望女儿是患病没的,我还可以照顾上一段时间,也能有个心理准备,突然走了,我真是没法接受。"

"自那之后,我和丈夫平时就很少出门,害怕与街坊邻居聊天,这几年都是这样。"

女儿去世后,龙阿姨的精神就变得极度敏感和脆弱,听到邻居跟孩子打电话,自己都会大哭一场,而这样的丧女之痛,随着她年纪的增长也越来越深。

原本身体硬朗的老两口,相继病倒了。

去年年底,龙阿姨患上了乳腺癌,做了切除手术之后身体状况恢复得尚可,可是老伴却因为中风,身体每况愈下。

"我有时候怨恨她的,我说你这小狗东西,你就这么把我们甩了,什么也没给我们留下,我有时候也在心里怨她不该这样离开我们。

"她得好好活着啊,毕竟我和她爸爸只有她。

"再说了,不想结婚,那就不结啊,何必走那一步?

"电视上变过性的金星老师都在主持节目,大家都喜欢她,你说我怎么就这么愚蠢呢?"

龙阿姨的手紧紧攥着,眼神里似乎带着一丝恨意。

我不知道她到底在恨什么。

"小新,其实很多时候父母的决定都是错误的。"听到龙阿姨的这句话,我也不知道该点头还是摇头。

送女儿走的那天,龙阿姨俯下身子,亲了女儿的脸。

龙阿姨跟老伴说:"孩子的脸冰凉冰凉的。"

老伴说:"凉就对了,她不喜欢热,热不舒服。"

龙阿姨心里怕的是，哪怕在走之前，女儿感受到的也是这个世界以及这个家庭给她的那份冰凉。

"对整个世界而言，你只是一粒尘埃，而对我而言，你却是整个世界。"

这是失独家庭父母的心声。

人生有七苦：生、老、病、死、怨憎会、爱别离、求不得。

每一件压在我们身上，都是无法承受之重。

04

大约二十年前，沈阿姨的女儿因为车祸不幸离世，之后十几年的时间里，沈阿姨一直处于一种人不人鬼不鬼的状态。

这世上，每个孩子和母亲都是生死之交。

有一天，沈阿姨在朋友家吃了一顿凉拌见手青，很快便出现了中毒的症状。

"见手青"是民间的一种俗称，是指一类具有显色反应特征的牛肝菌，菌肉压伤或手碰伤后呈靛蓝色，故有其名。

沈阿姨看到眼前的人变得很小，就像曾经给女儿讲的童话故事里的彼得潘，绿色的、戴着尖尖的帽子特别可爱。

朦胧中，沈阿姨见到了自己的女儿。

"我想起女儿十岁时很认真地画了一幅画，说她的生日就是我的受难日。那幅画因为搬家丢了，之前我怎么也想不起那幅画的内容，可是那一次我又看到了画，里面的一花一草我都看清楚了！

"我跟女儿说，到妈妈怀里来，妈妈还给你讲故事，但是她却跑开了，我就哭了。"

虽然上吐下泻,但她因此看到了女儿,小心翼翼埋藏多年的那份思念,不经意间,又从心底飘出,散落在地上开了花。女儿的音容笑貌浮现在她眼前,像从前那样轻唤着妈妈。沈阿姨的眼眶湿润,泪水汩汩而出。

从那以后,每到六月份的雨季,沈阿姨都会特意到菜市场上买见手青。

"我知道那玩意儿做法不当会有毒,可是我吃了见手青才能看到我姑娘,所以,我必须得吃。"

只是,她再也没有见到过自己的女儿。

"就感觉有人在推我的床,从墙里穿过的时候我还记得那一刻不知要怎么呼吸,就像第一次游泳时学憋气的恐惧。后来推到一个大铁门处,门是关着的,一个老头说我们下班了,今天不收,明天再来。

"要么就是看到一堆衣服在跳舞,都长着眼睛,睁大了眼睛看着我们,一起跳舞,我也不知道该跟着他们一起跳,还是光看着,就觉得很累。

"还有一次,就像是掉到了海里头,有很多鱼在游泳,花花绿绿的,但我是站在水里的,不会游泳,一会就开始害怕了,因为我看到有蛇在蜕皮。"

这么多的幻觉,就是没有见到自己的女儿,连个影子都没有看到。

沈阿姨心里一直在嘀咕,怎么老见不到女儿,是因为吃得量不够,还是做菜的方法不对?

"这些年,我变着花样做,吃多吃少,几乎每年都中一次毒,却没有再见到我女儿一次。你能帮忙打听一下吗?吃多少量能重复我第一次的幻觉?"

电影《寻梦环游记》里讲过这样一句话,一个人会死亡两次,第一次是失去生命,第二次是被彻底遗忘。

当世界上没有任何一个人记得你时,你才会彻底消失,我们称其为终极死亡。

思念的极致是,一个人的生活中只剩下思念,而这份思念没有终点。因为此生与所念之人不会再有重逢。

05

我不怕成长跌撞起伏,我不怕时间冗长繁杂,我不怕空间流转颠簸,我不怕路途荆棘遍布。

我只怕,我拼命发了芽,你们却白了发;

我只怕,我因各种事由离了家,成了你们无时无刻的牵挂;

我只怕,我还没有组成一个家,你们就不等我了;

我最怕的是,你们用牵挂染白了头发,你们还在等我回家,等我有一个自己的家,而我,却比你们先走了。

关于失独者,百度词条有这样的介绍:

失独者是指失去独生子女的父母，大多五十岁以上，很难再生养孩子。在中国，失独家庭每年以七点六万的速度增长，正在成为一个日益庞大的群体。

根据专家的推算，从1975年到2010年出生的二点一八亿独生子女中，有超过一千万，会在二十五岁之前死亡，从而造成两千多万失独父母。

他们之中，就有桂兰阿姨、老李、龙阿姨和沈阿姨。

他们每一个人，曾经都是骄傲的父母，可是子女走了，他们给谁做父母？

曾经有一份关于中国失独者的调查，记者这样记录：

江苏的"叶儿黄"家中，女儿房间的桌上，永远摆放着两瓶冰红茶，她说，女儿生前特别喜欢喝冰红茶；

重庆的"天堂"家里，永远保存着一本2000年的台历，那是儿子生前用过的最后一本台历；

济南的"月菊"自从女儿死后，五年时间了，她依然坚持每天做各式各样的菜，等女儿回来吃，还不断地给她买新衣服。在女儿的衣柜里，从夏天的裙子到冬天的羽绒服，一应俱全，有的还挂着标签。"月菊"每天都要轻轻地抚摸这些衣服，"和她说说一天的生活，让她知道妈妈过得很好"；

武汉的余伟是一个政府官员。白天的时候，他总是西装革履，精神百倍地工作，可是晚上回到家里，他又成了另外一个人。他整夜坐在地板上，抱着孩子的骨灰盒哭泣，口中呢喃："孩子，让爸爸抱抱你……"每晚他都这样睡在地板上，将近八年了。

他们总是沉浸在回忆里，用这些回忆一次次惩罚自己，如同自虐一般。

道理大家都知道，都懂得，然而，然而……

主持人梁继璋写给儿子的信中，有这样一句话，曾被很多人引用过：

"亲人只有一次的缘分，无论这辈子我和你会相处多久，你一定要珍惜共聚的时光，下辈子，无论我们爱与不爱，都不会再相见。"

是的，我们只有这一世的缘分，来世我们不会再相见。

趁这仅有的一世，去爱你想爱的人，去做你想做的事，这才是最大的幸福。

趁着生命正好，毫无保留地爱我们的父母，爱我们的孩子。

最后，我们留在了回忆里也好，消失在流年里也罢，我们终究相遇过，微笑过，彼此温暖过。

这一世的缘分太深，让我们做了父子、母子、父女、母女；缘分尚浅，让我们最终只能在彼此的记忆里长存。但你要知道：

每个平淡流年的背后，都有心酸往事。

每个适合熟睡的夜晚，我都在想你。

对于自己，
你还是个陌生人

~~~

01

我的生活中出现过一个富二代。

认识他，是通过一个公司的女老板。

有一次，我帮她的公司主持一场公益助学的活动。

活动结束后，女老板说："我儿子想认识你。"

我的脑海中马上浮现出纨绔子弟的现代版经典形象，穿着松松垮垮的裤子，手腕上叮叮当当的链子珠子，干什么都吊儿郎当，时不时爆一句粗口。

很容易联想到嘛，电视剧和新闻里的富二代们，大多数都年纪轻轻不学无术，后来家人把他们送到国外，在国外又没学到什么真实本事，惨淡回国，要么泡妞泡到腿抽筋，要么吃喝玩乐嫖赌抽，要么就是交一堆酒肉朋友胡吹海喝。

他们有时间，有钱，关键是他们无所畏惧，对于道德和社会规则,他们并没有敬畏之心。

这是大多数人对富二代的刻板印象。

我以为女老板只是说说,我不过是这个城市里很普通的一个媒体人,不喜欢玩乐,也没有豪车豪宅,加我为好友,貌似并非富二代的合适选择。

没想到,老板的儿子当晚就加了我的微信。

我翻看他的朋友圈,最上面的一条是:

"我们的身体里装着几个自己,彼此间都无法做到赤诚相见,每一个都孤独无比。"

看到这样的句子,我突然有些恍惚,觉得自己是认识了一位哲学家。

这让我对富二代有了新的认识,不禁思考,富二代会不会被我们妖魔化了?

反正他们是含着金汤匙出生的,已经够幸运了,周围的人才不会想到口下留德。

02

他在微信上问我:"新哥,最近一起吃饭,有时间吗?"

"有的。"我回复。

每个人会经常收到"最近"和"改天"的邀约,而最后都无疾而终。没想到他却认真了。

"那新哥喜欢吃什么?"

"随便,离我们台近一点就行。"

第二天晚上,他带我去了电视台附近一个并不吵闹的酒吧,点了一些羊肉串和一大份肥蛤,还有两瓶啤酒。

"新哥，我知道你不怎么喝酒，所以咱们就两瓶啤酒，能喝多少是多少。"

"好的。"

"新哥，我喜欢听你的节目，很舒服，也很深刻。"他攥着手机，并不看我，"我还关注了你的微信公众号。"

"哈哈，我都瞎写，最近好久都不更新了。"

"虽然很多人说你写东西文艺，我倒觉得不是文艺，而是朴实，能写到心里。大道至简，就是这个词。"

"碰一个吧。"我举起酒杯，冲着他笑。

酒吧歌手用脚打着节拍，淡淡地唱着："在路旁，孩子们在打雪仗，在路旁，姑娘们在等情郎……"

他不动声色地说："我喜欢听钟立风。"

的确，这首《在路旁》正是钟立风的代表作，这倒真是个意外。

很多年前我采访过小钟，那个时候，我是一个无比浮躁的DJ，更在乎的是大牌的艺人，所以并没有把小钟放在心上，后来，反而开始迷恋他的文笔和音乐。

现在，我面前的这个富二代，居然跟我说他喜欢钟立风。

"可是没有太多人知道他，推荐给几个朋友，他们也没有特别的反馈。不过也无所谓，听歌本来就是一个人的事。"他说。

听着他断断续续的讲述，我才知道他目前所在的公司里，旁人并不知道他的身世背景，他也没有开所谓的豪车，主要交通工具是公交车和共享单车。

他有自己的三观和认知力，对朋友很讲义气。

他有自己要坚持到底的事，知道奋进和努力。

他有自己的正向社交圈子，为人低调而内敛。

他说，他目前已经是部门经理了，他希望两年后能自己创业。

谈到关于工作的规划，他的眼睛里有光在闪烁。

03

其实，我们最怕的就是被别人贴上标签，比如娱乐圈很混乱、艺人没文化、富人没良善之心、穷人爱讲道理……

可是，这个世界永远没有唯一的判断标准。

我们一生都在了解别人，但大脑的认知资源是很有限的。所以，我们只对人生中重要的那部分人进行深入了解，比如亲戚、朋友、偶像，而其他人，我们只做简单了解，节省出认知资源继续认识新人。

所以，贴标签，成了节约认知资源的有效办法。

这个世界有各种各样的色彩，各种各样的温度，各种各样的味道，自然也有各种各样的人。

哪怕是一个简单的你，也并非一个标签便能够涵盖的。

和蔡康永在《康熙来了》搭档了十一年的主持人小S曾说：

我最欣赏康永哥的冷漠，但是又有很温和的个性。他是温暖的，可是他实在又是一个很冷的人，然后他又很胆小，又很睿智，他是一个很多复杂的个性聚在一起的人。

矛盾、温和、温暖、冷、胆小、睿智，这么多看似矛盾的词，集聚在了一个人的身上。

这才是人性的真相。

可口可乐曾经拍过一个主题为"标签应该贴在罐子上，而不是人身上"的公益广告。

公益广告片的开头便讲述了缘起：

"从一个人的外表建立个人主观偏见，只需要花七秒的时间。所以，我们邀请了六位陌生人，在'不同的灯光'下看彼此。"

摄影组邀请了六位陌生人在黑暗的环境下进行交流，他们看不见彼此的脸，只能通过彼此的语言去了解对方的身份。几个人的聊天轻松而愉悦。

直到灯光亮起，大幕才真正揭开。

戴着眼镜文质彬彬的男人是重金属爱好者，而事先被认为应该是个扎马尾的男人；

满身文身的男生居然是一位TED演讲者、熟读心理学，而事先被认为是个书呆子；

一个勇于尝试而并非只是嘴上说说的极限运动员，热爱跳伞以及其他危险的运动，居然是个坐在轮椅上的残疾人……

他们当中的一员感慨：

如果我知道他长这个样子，我绝对不会坐下来跟他聊天。

如果不是在这样一个环境中相识，你还会相信他们口中所说的生活吗？

04

我们父母这代人，活得很明白，他们有自己所信奉的规则。

而当下更多的年轻人，是主动把别人贴在自己身上的标签撕掉的一代人，同时他们也主动地给自己贴标签，比如佛系、奇葩、丧、人间不值得等等。

生活方式有千百种,我们不能只用一种生活方式去对待生活本身。

依稀记得,很多年前,哲学老师给我们上的第一堂课。

他跟我们互动的第一个问题就是:你真的认识你自己吗?

本来还有些吵闹的课堂,突然安静了下来。

我们有太多人生活在父母的期待里,我们之所以选择某一个城市、学某一个专业,不过是因为我们的父母希望我们如此。以至于我们的恋爱、婚姻,都掺杂了太多父母的声音。我们并非自己生活的主宰,所以有很多人,曾经对父母说过:"如果当年不是听你们的,现在的我不会这么惨。"

我们不断追求他人的认可,也总会有人在我们的身上投射了自己的价值观,我们因此被感染,而将自己的真实感受偷偷藏了起来。他们会以亲情的名义,以友情的名义,以爱情的名义,或者以为人处世的名义,绑架你。

有一天,一个平常的午后,你幡然醒悟,愤怒到癫狂,而旁人则轻描淡写地问了一句:"至于吗?这人怎么这样?"

人只有真正地认识了自己,清楚了自己的兴趣、梦想、习惯与欲望,明白自己真正想要的,才能知道别人贴在自己身上的标签,哪些是与你不符的,你方能正确地撕掉那些标签。

在电影《无名之辈》里,你如何判断他(她)是好人,还是坏人,还是一个"死"人?

你对生活厌倦,但周围所有人都希望你好好活着,你该庆幸,还是痛苦?

凶悍易怒的劫匪,制霸一方,却受不了成为一个笑话,更藏不住内心的温柔,因为那句"我想陪你走过剩下的桥",你会跟他做朋友或情人吗?

落魄的保安,酒驾车祸酿成惨剧,妻子离世,妹妹成为残疾人,他是否还配做一个协警?

重重圈套之下,一个劫匪和一个按摩会所里工作的小姐,牵起了手,他们配有未来吗?

外人眼中的"小三",真的就是十恶不赦吗?当富贵不在,她却依然愿意生死相依,有没有可能她真的是"因为爱情"?

这些无名之辈们,选择愤怒或者暗自较劲,暗暗反抗或者偷偷妥协,他们每个人都有自己的不甘和渴望。

无名之辈,就是芸芸众生。

命运的荒腔走板,打不垮我们,尽管我们只拥有平凡的人生。

无名之辈,方能生生不息。

佛教徒宗萨蒋扬钦哲仁波切曾说过这样一句话:

你可以是个坏男生或者坏女生,而同时是个佛教徒。

不论是做人还是做事,到了这个年纪,不太适合讲大道理给你听了。

那我就给你一个祝愿:

愿你的眼中总有光芒,愿你活成你想要的模样。

愿你沉着而又坚定,愿你全力以赴也能满载而归。

我们的人生，
永远无法复制

01

有一天，收到了一条微博私信：

"小新哥你好，我叫某某某，是你的师弟。这个暑假有可能到台里实习，想请教您关于实习以及未来规划的事情，不知您能否把联系方式给我呢？"

我琢磨了半天，把微信给他了。

接下来，对方就开始了很长的对话。

这个大学生朋友先是问我能不能有实习证明，之后又问我电视台的工作节奏，还有每年暑假来实习的人多不多。

我历来对回答此类问题比较冷漠，这次同样："每年的情况不同，每个人的情况也不同。"

"学长平时说话的风格一向如此言简意赅吗？"

"每年的情况真心不同，更何况，我是真的不了解。另外，我觉得既然下定决心实习，就没什么好磨磨唧唧的。"

想了想，我又补充了一句："个人感觉。"

对方继续回复：

"因为我之前没有过实习经历，而且毕竟也不是新闻专业的学生，难免对这方面有不熟悉的地方，何况我对电视台也不是很了解，就想提前找一个靠谱点的学长打听一下情况，以免在实习过程中说错什么话做错什么事，我觉得这个心理也是很正常的吧。那实在抱歉，打扰您了。"

想找个靠谱点的，结果没想到遇到个不靠谱的？

02

我不知道如果是你遇到了这样的提问，会不会比我有耐心。

如果日复一日，每天都会有不同人问你不同的问题，而这些问题明明他们不必通过你就可以知道答案，你还会有耐心吗？

坦白说，我不会，我没有修炼到那个境界。

我回复："你话里的怨念好重啊。"

"哪天能学会不愠不怒，可能也就不是我了。多包涵！我知道这么直截了当地说出来你就不会怪我了，对吧？"

"很多时候大学生把事情想复杂了，甚至，某些时候职场比大学里的学生会还要简单。你会表现很好的。"

"可是他们说职场就是个小社会，也有很多潜规则，我觉得我应该提前了解一下。"

我能够想象到对方的语气，甚至表情。

我没有正面回答这个问题，只回答了四个字——"祝你顺利。"

对方最终也没有回复。

对话，终于告一段落了，跟有些人聊天比升级打怪都累。

我重重地呼了一口气。

在《桃色蛋白质》里，刘若英曾经哭着说："走这一路过来，可能很多人都会觉得我们在音乐上面很难搞，那是因为我们花了很多心血在每一个音符上，我们真的付出了自己的生命在里面。"

那学生恐怕想象着这个小新可真难搞啊。

可是说那些话，我也差点付出了自己的生命。

年轻时代的我们喜欢将简单的事情复杂化，似乎只有将事情弄复杂了，才能体现出我们的情商和智商。

我现在更主张将复杂的事情简单化，不要想那么多，自己去真听真看真感受。

我们看见的世界，实际上是我们内心世界的映射。

就像我做"想书坊"这个书店品牌，总会有人问我，小新老师，你的盈利模式是什么？你一年的利润是多少？你是不是有更大的商业野心？

我实事求是地说，做书店，本来就不是为了赚钱，情怀的意义更多。

对方会马上表达不满，小新老师，你这个人不实在啊，你怎么不说实话呢？

我简直快把自己的心掏出来了，对方依然不满意，那是因为，答案早就在他们心里了。

有些问题被提出来，本就不是要一个答案的。

03

我有一个企业家朋友曾经在小摊上买了一百多斤成功学方面的书，创业时，每次觉得自己快要坚持不下去了，就会顺手拿出其中的一本来看，而每当看不进去的时候，就果断扔到一边，换另外一本接着看。

每一次陷入僵局或困难，他始终相信，只要努力，只要坚持，就能成功。

有人说，这个故事告诉我们，心理暗示的效果在于：在被"不确定性"笼罩时，在没有归属感的当下，你仍然能感受到来自内心深处的能量。

我倒觉得也可以有另外一种解读，成功学的书那么多，可是每一本都很难给你提供真正行之有效的方法，所有的路都要自己一个人用双脚踏过，才算数。

换句话说，人生本就无法复制。

我有一个很优秀的师弟，曾经参加过安徽卫视的《超级演说家》，拿到了很好的名次。

我有一本书的封底图，就是他的摄影作品。

他曾经把主持人大赛中经典的语录都打印出来背，将近一百页纸。

这是苦功夫，也是最有效的方法。

成功虽然无法复制，但是成功的方法却可以复制，然而大多数人往往会偷懒，总在琢磨走更直接的那条路。

04

《大鱼海棠》里有这样的台词：

人生是一场旅程。

我们经历了几次轮回，才换来这个旅程。而这个旅程很短，因此不妨大胆一些，不妨大胆一些去爱一个人，去攀一座山，去追一个梦……有很多事我都不明白。

但我相信一件事。

上天让我们来到这个世上，就是为了让我们创造奇迹。

每个人都有自己所能创造的奇迹，奇迹与奇迹不一样。

最近给省内的主持人讲课，有一个地方台的主持人问了我一个问题："小新老师，除了读书，您平时是怎么积累的？"

我其实是有些汗颜的。

"生活不止眼前的苟且，还有诗和远方""世界这么大，我想去看看"。这些话在我这里，似乎都没有特别大的意义。

我还担任了山东省文明形象旅游大使，但我是一个标准宅男，并不觉得旅行对我有特殊的意义。

一个人的知识结构，往往跟他读了多少本书、去了多少地方、听过多少场讲座，没有直接的关联。

我们可以找到很多积累的方式，读一本书，去一个胜地旅行，看一场口碑很棒的电影，甚至跟一位智者聊天，但最主要的是看你内心的接受程度。

每个人的头顶,都安装了两根看不见的天线,随时接收信息,做出反馈。

有些人即使去过南极北极、五大洲四大洋,可能也只会用相似的一句话来形容,那可真是难堪极了。

人生很难验证,更难证伪。

当我还是一个高中生时,我没有想过我会学习法学,更没有想过我会成为一名主持人。

那时候我更喜欢的是数学和物理,我的梦想是成为一名科学家。

无奈的是,你永远无法回到你的十八岁,你永远无法换一条路说我重新再走一遍。

每个人的人生,都是单行道,都没有回头路。

如果当年的我没有进入我的母校山东大学,如果当年的我报考的不是法学,如果当年的我不是力排众议做了一名主持人,我是否还会是现在的自己?

无法被证伪的命题,并不意味着思考没有意义,其意义在于,如果下一次我们可以自己选择,你会如何面对内心的渴望和理想。

总之，我的人生经验，在你的世界里可能是最大的谬论；你以为的常识，在我的世界里可能是最遭鄙弃的认知。

我们的人生从来都没有大抵相似，你走你的路，我过我的桥。

各自安好，彼此祝福。

我想号召整个城市的人，
为你鼓掌

01

在我生活的这个城市里，阿倩是一棵倔强生存和生活的"仙人掌"。

什么时候认识的阿倩，我不记得了。

但是脑海中的那一幕，却始终没有忘记：

她的短发不是柔顺的，而是有几簇支棱在脑袋上，坐在有点旧的轮椅上，穿了一双粉色的布鞋，眼神里有一些迟滞，不似她的文笔那般灵动。

我很诧异。

那时的阿倩，写了不少文章，拿了很多奖，也获得过一些荣誉，但从穿着打扮上，看不出这些给她带来的变化。

之后，就是隔空相望。

我做着不同的节目，参加不同的活动，她写了不同的文字，出了好几本书。

她偶尔给我的朋友圈点赞，我偶尔给她的朋友圈点赞，我们就成了"点赞之交"。

年前，阿倩给我发了一条微信："小新哥，我刚出了一本新书，你能不能帮忙转发一下。"

十分钟之后，我编辑了朋友圈的文字：

这是一个真诚的写作者，阿倩的这本新书，需要大家的支持。

但只获得了零星几个赞，我很失落，甚至还有一些气急败坏和无能为力。

我不知道有多少人，是因为我的推荐而去支持了阿倩的这本新书。第二天，我从网上买了一本，摆在办公桌上。

02

阿倩现在的生活条件比之前好一些了，但并没有我想象的那么好。父亲的病情还是老样子，一直透支身体的母亲也准备去养老院了，家里却付不起高昂的费用。阿倩的病不光是身体疼痛变形，而且侵蚀器官，一直在打针治疗。

她的努力确实得到了回报，但更多的是精神上的富足，仅此而已。

她说自己的新书因为不属于畅销类型，所以还要自己承担一些出版费用。家人反对她出书，但她依然坚持。话虽不多，我已理解了她的难处。

当天晚上，一位我很敬重的兄长给我转了一条阿倩的相关新闻，连带了一句话:"我觉得想书坊应该为阿倩做一场活动。"

后来,他又补充了一句:"帮她一下吧。"

这位兄长也是媒体人,看惯了鸡飞狗跳鸡飞蛋打,也看惯了悲欢离合生老病死,但他仍然坚持应该"帮助这个不向命运低头的人"。

是的,帮助她,哪怕一个肯定的眼神,对她而言,都弥足珍贵。

是的,帮助她,也是在鼓舞每一个在城市角落里挣扎和彷徨的人。

03

阿倩被查出患上类风湿性关节炎,是在中考前。

那年她考了不错的成绩,却因为疾病没有顺利进入高中。

那是2001年,她十六岁。

2006年,阿倩的病情急剧恶化,全身关节大小变形,不能下地行走,疼痛像电流通过一般,关节痉挛,尾骨上起了脓包,体重从最初的一百一十斤骤减至不足五十斤。

从知道自己患上疾病,到全身的关节开始变形,再到后来病情加重转移到股骨头,阿倩与病魔抗争了足足十八年。

类风湿性关节炎被称为"不死的癌症",是进行性的一种疾病,会侵蚀器官。

每晚十二点,阿倩会准时吃药,打进口针,那种疼痛别人很难想象。

"对我而言,延续生命是第一位的。"

"我就像活着的木乃伊",阿倩这样评价自己。

去年疼得实在受不了,阿倩又去了几趟医院,每次从医院走出来，她都会做同样一个动作：把诊断单撕掉。

她心里想的是：我哪里有住院的条件啊，我凭什么住院啊？

住着不到十五平方米的小屋，家里除了两张床和一台写作用的电脑，每个角落都堆满了报纸杂志和各种书籍，这样的家庭条件，她凭什么住院？

父亲住院，母亲累倒了，每天睁开眼睛的第一件事，就是这个家庭的一日三餐怎么打发，这样的家庭条件，她凭什么住院？

她配拥有什么样的现在，她又配拥有什么样的未来？

想到这些，阿倩大哭了一场。

04

虽然对自己的病很无力，但阿倩对治疗充满了信心："我觉得我每天多努力一点点，就会有一点点希望。"

她死盯着这一点点希望，在向前努力。

即便所有的不幸和不行都压将过来，我们也终将改变潮水的方向。

改变，也一直发生在阿倩身上：

她是一个关心自己所在城市变化的建议者；

她是一个书写世间万物美好的写作者；

她是一个热心公益回报社会的志愿者；

但同时，她是一个每天除了睡觉只能坐在轮椅上的人，靠着左手的一个手指头打字，写出篇篇锦绣文章。

尽管有这样的身体，阿倩所有的工作也都是自己完成的。

用一根手指头，自己打字，自己做表格，自己做演讲PPT，自己整理文章，自己做公众号……

其实，她大可不必亲自做这些事，但是阿倩说："今天别人帮了我，下次呢？下次谁又能来帮我？"

除了她自己，谁又能时时刻刻帮她？

母亲算是这二十多年里，对阿倩帮助最多的人了。

在阿倩最绝望的这些年，母亲从未离开。

"我的母亲从未离开我超过三小时，父亲住院时，她就医院家里来回跑着照料，出门买菜经常催促着老板赶紧结账，即便是冬天，都是穿着棉衣入睡，就是为了方便晚上照料我。这么多年来，她也从来没有过过一个节。"

2017年，曾有一封残疾考生的信在网上热传。

这位十九岁的考生身患重度残疾，父亲因患重症于2005年去世，留下母子相依为命。他写信给清华大学招生办，请求清华大学提供一间"陋宿"，让自己和母亲居住，以方便他顺利完成学业。

清华大学招生办迅速回复了一封信，标题是：人生实苦，但请你足够相信。

是的,人生实苦,但请你足够相信。

请你相信,独闯追梦的路上,你是自己的千军万马,但也一定有人愿意挥手致意欢欣鼓舞。

"活得幸福而有尊严"——阿倩说,这是她的愿望。

阿倩现在不缺关爱和荣誉,根本上还是缺钱,就像电影里说的,这个世界上只有一种病,就是穷病。

是的,她依旧是那个艰难求生的脆弱个体。

她不能仅靠尊敬而活着。

2019年3月9日下午两点,在山东首家作家书店想书坊,我和几位朋友想送给阿倩一个"女生节"的礼物——为她的新书做一场签售活动。

那是我做过的这么多活动里,唯一一次我使出浑身力气想号召更多的人来支持的一场活动。

曾经有个张海迪,在轮椅上做着文学梦;
曾经有个霍金,在轮椅上做着宇宙梦;
现在,在这个城市里,也有一个在轮椅上做梦的人,叫阿倩。

诚然,病痛和人生中的很多痛苦,终究要自己一个人慢慢熬,但,余生那么长,请你也不要总是自己扛。

05

关于爱情,阿倩说今年的一个小目标是可以找到生命中的另一半,"没有追求过爱情的人生是不完整的"。

所以哪怕身体不够完整,也要追求心灵的完整。

"我希望找到另一半,可以一起直面生活的困难。"

人一定要有这个念想,有句话说得好,当你想要实现一件事情的时候,全世界都会帮你。

这篇文章的大部分内容,曾经是我个人的微信公众号"小新的未央歌"推文里的文字。

原因有些悲情,是因为书店的公众号发布了签售信息之后,报名人数太少,美丽的店长愁容满面。

再后来,活动无比顺利,来了很多人——之前相识或不相识的,都在那一刻,聚在了一起。

为这场签售准备的所有书都卖光了,阿倩的脸上堆满了笑。

活动结束后,我跟每个人微笑、拥抱和握手。

晚上,我跟一位兄长聊天。

"关于阿倩,有一种声音,说有些时候总觉得她有些功利。"

因为在过去的时间里,她给我发过信息请我帮忙转发她刚刚出版的新书信息,语气异常尊敬,但我不知道是不是为了达成目的才如此。为此我专门去看了她的朋友圈,想将这些蛛丝马迹串联起来。

然而兄长很快给了回复:"对一个处在生死边缘的人来说,要求生,你觉得是功利吗?"

那一刻,我茅塞顿开。

06

四季流转,春暖花开。

我们不可抗拒地从孩子长成了大人。

也许你有一定要实现的蓝图,也许你喜欢自己天性里的随遇而安,也许连你自己都认为自己注定一辈子随波逐流。

但是,每天发生的事情,总不会完全依照我们的计划按部就班。

我很喜欢一句话:"生活远比戏剧更具有戏剧性。"

如果你纠结一件事情,苦心为它设计了一百种过程和结果,生活很可能给予你的是你绞尽脑汁也想不到的第一百〇一种答案,它总会巧妙地让你尝尽酸甜苦辣。

能够与不完美的自己和解,接纳自己,对自己负责,是人生必须修炼的功夫。

愿每一个孤单的你,不必永远逞强。

CHAPTER THREE
当我们告别少年

当我们告别少年，才发现，
说爱你的人那么多，
说喜欢你的人也不少，
愿最后在一起的，是对的那个人。

你，
是我唯一的想要

01

阿楚姑娘是我的硕士同班同学，学法学的。

一般的法学院女硕士，怎么说呢，长得有些严肃，像一本枯燥的法律条文，总而言之，就是一副不苟言笑的知识分子模样。

阿楚姑娘，便是厚厚的法律条文中的"但书"，是那个楚楚动人的例外。

就好比在一堆沉闷无聊的广告里，突然弹出来的一部电影，五彩斑斓，声色俱佳，让人垂涎欲滴。

只是阿楚姑娘的感情生活，几乎是一片空白。

阿楚姑娘作为一个已经在核心刊物发表了五篇专业论文的法学二年级硕士，没听说她跟哪个男孩子谈过恋爱。

问她，她说她预想过自己未来的情感生活：

要么做一个灭绝师太,一生冷面无情,老而弥辣,最终自生自灭;
要么就找一个看着顺眼的大叔,奔向"没有最成熟、只有更成熟"的稳定婚姻模式。

天知道,从什么时候开始,"在一起"的理由从喜欢变成了合适。
有的人会掰着手指头数给你听:"听着啊,你们年龄相仿、学历背景相当、工作属性相似、家庭也是门当户对……你们就是天生的一对。"
你看,所有的一切,都标榜着"合适"。
还有人说得更是天花乱坠,喂,看你们第一眼就觉得你们有夫妻相。
只是没有人说出那句实话——不喜欢就是最大的不合适。

02

阿楚姑娘替导师代课,课程是《犯罪心理学》。
台下的是大二的师弟师妹,上研二的阿楚姑娘比师弟师妹们大不了几岁。
讲了一节课,一脑门儿汗的阿楚姑娘才意识到,讲课完全不是脑力活,而是体力活。

下课后,一个男生径直走到阿楚姑娘的面前,随手递过来一包面巾纸,上面是小浣熊的图案:"师姐,你讲得很好嘛。"
阿楚姑娘接过面巾纸:"嗯,谢谢。"
"也难得我今天上课没睡觉……还挺有快感的,不过我可不想施虐。"丢下了这句话,男生哼着一首阿楚姑娘听不懂的粤语歌离开了。
阿楚姑娘想起刚才上课时自己讲的那句话:"在所有的动物中,

人类是唯一残忍的,他是唯一会因为快感而施虐的动物。"这是马克·吐温的一句名言,她在讲课过程中拿来借用。

稍等。

"还挺有快感的,不过我可不想施虐",这话什么意思?

阿楚姑娘回想了一下刚才两个人之间的距离和对方的身体朝向,并且试图用学过的心理学理论来分析:

这个男生的上半身倾向阿楚姑娘,这是有好感的表现。

另外,还有两个人之间的距离,是在五十厘米之内,这是一个亲密距离。

包括他的身体语言,胳膊是放松的状态,嗯,这是没有警戒心的表现。

没有警戒心,那么,他安的是什么心?

元朝的王实甫曾在《西厢记》里如此揣测——无事献殷勤,非奸即盗。

这个男生个子不高,一看就不是北方人。蹬着一双橙色的夹趾拖,黑色的边,看着挺艳的。男生阳光的笑容中透露着一丝颓废,明朗的眉目间隐藏着一点奸邪,翻译过来,就是斯文里的小败类。

阿楚姑娘确信自己曾经在校园里见到过这个男生:

在学校门口,他耳朵里塞着耳机,摇头晃脑地唱着一首粤语歌;

在学校的小树林里,他抱着一本漫画书,专心地看着,还时不时咧开嘴笑;

在学校餐厅里,他的面前有一个炸鸡腿,两个卤蛋,一份菜,还有一碗米饭,他可真的是大饭量,可是为什么却没有长高也没有长胖呢?

五分钟后。

"嘿,师姐,我是杜江,就是刚才跟你讲话的男生。"阿楚姑娘的手机亮了。

哦,这个男生叫杜江。

"你好,杜江。"阿楚本来想再多打几个字,比如,"我们之前见过",再或者,"我见过你",可是想想还是作罢了。

"师姐,抛开课堂上你讲的,就说真心话,你认同龙勃罗梭的天生犯罪人理论吗?"

龙勃罗梭是意大利的犯罪学家、精神病学家和刑事人类学派的创始人,他通过研究犯罪人的解剖学、生理学和心理学的诸多特征,认为犯罪人的许多体格特征异常,如头盖骨、颚骨、脑、四肢等存在异常状态;感觉迟钝,尤其缺乏痛觉,但视觉敏锐;伤口迅速愈合能力强;智力低下等。

比如,龙勃罗梭总结出盗窃犯的脸和手都明显好动;眼睛小,总是在转动,常常是斜的;眉毛浓密,相互间靠得很近;鼻子弯曲或者塌陷,胡子稀少,头发并不全是浓密的,前额几乎总是很窄并后缩……

阿楚姑娘回答道:"罪恶就诞生于我们身边,可能是你错综复杂的成长环境,无可救药的人际关系,难以忍受的生活压力,又或者仅仅是因为你看上去没那么好,所以,他就对你产生了恨意。"

"那什么情况下,会产生爱意呢?"

阿楚姑娘看到这条信息的时候,心脏突突地跳着,却又不知道如何回复。

杜江是个喜欢聊天的人,没过一会,阿楚姑娘又收到了信息:"师姐,你知道我为什么长不高吗?"

"不知道。"

"在屋里打伞,人就会长不高的。"

"?"

"十岁那年,比我小两岁的表妹就比我高了。我心里极度不平衡,于是天天在家跟她玩过家家,让她躺伞下面。嗯,我表妹现在一米七五。"

"这,挨着吗?"阿楚姑娘的大脑回路显然需要重组。

"当然挨着,这说明我的心理有问题,需要您的专业帮助。"

"……"

03

阿楚姑娘从小就是老师和家长眼中的乖孩子,一直乖到了大学,除了手腕上那一朵花的文身。

杜江从小就是老师和家长眼中的熊孩子,一直熊到了大学,却不喝酒不抽烟也没有任何文身。

阿楚姑娘一辈子小心翼翼,必定会是"鞠躬尽瘁,死而后已"的模范;杜江崇尚及时行乐,更信奉"大鹏一日同风起,扶摇直上九万里"的自由。

阿楚姑娘沉默寡言,更喜欢独立读书、独立思考;杜江从小就是话痨,高中的时候,班主任为了不让他说话,把他调到了讲台旁边,结果,坐过去的第一天,杜江就跟物理老师聊了整整半节课。

他们是太不同的人了。

这一生,我们总会遇到很多人,有些人,就像刚刚采摘到手里的草莓,身上有一种新鲜的味道,可以为你打开一个世界。他们的服饰，他们的说话习惯，他们的一举一动，跟你完全不同，分明就是两个世界里的人。

所以，不知道是白雪公主到了小矮人的王国，还是小矮人走到了公主堆里。

什么时候最想谈恋爱呢？

大概是看到一个很甜的爱情段子时，脑海中浮现出来一张脸时。

阿楚姑娘就是杜江脑海中的那张脸。

"师姐，你晚上什么安排？"杜江问。

跟杜江认识之后，阿楚姑娘快成"十万个为什么"的代言人了，每天要发十几次的"？"。

"我们一起吃饭吧，也算对师姐表达敬意。"

"你想贿赂我？"阿楚姑娘心想，杜江不会是想套近乎争取个好成绩吧。阿楚姑娘查过杜江之前的学习成绩，基本徘徊在中等附近，好在从来没有挂过科。

"贿赂？你猜对了。"

阿楚姑娘看到这条留言，脚绊了一下，不知道怎么回复。

就在这时，杜江的留言又到了："我想'性贿赂'一下师姐，可以吗？"

阿楚姑娘四下看了看，好在没人，有一种做贼的感觉。

没过几天，杜江约阿楚姑娘去儿童乐园。

鬼使神差般，阿楚姑娘同意了杜江的提议，平生第一次坐海盗船。

杜江慢条斯理地给她讲起了原理和公式，得出的结论就是：坐在海盗船的尾部最保险，但感受不到很大的刺激。

阿楚姑娘真心害怕，紧紧抓着杜江的胳膊，后来杜江又指挥她闭上眼睛，说这样就会减轻恐惧。

阿楚姑娘心想，只要杜江在，她就不恐惧，但还是忍不住全身哆嗦，甚至一股热泪夺眶而出。

"师姐，我喜欢你。"杜江大吼了一声。

只是风太大，阿楚姑娘没有听清楚。

那几分钟的时间里，阿楚姑娘感觉身上的荷尔蒙、多巴胺、血压、肾上腺素……一个劲儿地向上狂飙。

下了海盗船，阿楚姑娘的双腿依然止不住地颤抖，上法医课看老师解剖尸体她没有哆嗦，看恐怖电影里割头的镜头她没有哆嗦，第一次给本科学生讲课她也没有哆嗦。

阿楚姑娘心想：同样坐的都是海盗船，年轻的人尖叫狂欢，我这种年纪大的人就只剩下崩溃啜泣。

杜江顺势把阿楚姑娘揽在了怀里，问她："你猜，为什么海盗船长都只有一只手，另一只是一个钩子呀？"

阿楚姑娘有些懵，摇摇头。

杜江满脸的灿烂："因为大海航行靠舵手，一只手被剁了呀。"

阿楚姑娘哈哈大笑。

笑完后，神奇的事情发生了——阿楚姑娘不哆嗦了。

"对了，刚才你喊了一句什么？"阿楚姑娘问道。

"我说，我喜欢你。"

《卡萨布兰卡》里有一句经典台词:"世界上有那么多城市,城市里有那么多酒馆,我却偏偏走进了这一间。"

爱情,就像是大乐透,怎么猜也猜不透。

04

每个人都在改变,有些改变突如其来,有些改变滴水穿石,有些改变步步为营。

一直对专业课马马虎虎的杜江,慢慢成了《犯罪心理学》课堂上听课最认真的学生了。

期末考试,当阿楚姑娘看到杜江的答卷,也着实吃了一惊。

字写得漂亮,观点阐释得清晰,最后的案例分析还有自己的独到见解。

阿楚姑娘在打出"98"分的时候不是没有犹豫,她怕有人会说三道四,但最后还是将全班的最高分给了杜江,她遵循的是在大一时每一个法科学生都懂得的道理:以事实为依据。

没过多久,学院就收到了举报信。

有人举报杜江和阿楚姑娘有不正当关系,给杜江泄露了考题,所以杜江才考到了全班最高分。

杜江是在上洗手间的时候听到有人讨论,才知道阿楚姑娘被举报了,学院正在讨论要给阿楚姑娘警告处分。

杜江想都没想,就冲到了负责教务的副院长办公室。

动之以情,晓之以理,连带着还解释了犯罪心理形成的主要外部因素和它们的影响机制,结果就是,副院长建议杜江可以考犯罪心理学的硕士研究生,并且表示"杜江同学很有前途"!

"我有没有前途不重要,阿楚才是有前途的法学教师,不应被污言秽语所玷污。在法庭上,只有证据,没有事实,这是我们每一个法科学生都应该铭记在心的法则。这里虽然不是法庭,却是法学院,更应该讲证据,而不是捕风捉影。"说完这句话,杜江便离开了副院长办公室。

两分钟后,阿楚姑娘给杜江发了一条信息:"谢谢。"

杜江回复的信息有些莫名其妙,他问阿楚姑娘:"你知道罗密欧和朱丽叶吗?"

阿楚姑娘又回了一个问号。

杜江回了很长的信息:

"罗密欧与朱丽叶相爱,由于双方世仇,他们的爱情遭到了极大的阻碍。但压迫并没有使他们分手,反而使他们爱得更深,直到殉情。这样的现象我们叫它'罗密欧与朱丽叶效应'。"

"所以?"

"在'罗密欧与朱丽叶效应'下,大风越吹,我心越荡呀……"

这……

杜江约阿楚姑娘去看电影:"别每天都啃书啦,你又不是小白鼠。"

"……"

每一次跟杜江聊天,阿楚姑娘都觉得自己的脑细胞在休眠,哪怕战鼓擂战旗飘,最后也往往不战而败。

杜江定在了一家新开的"时光电影院"。那家电影院很奇怪,放的片子都是已经下线的电影。

杜江提议看《夏洛特烦恼》。

电影播放之前,是一堆广告。

阿楚姑娘刚低头吃爆米花,便听到杜江叫了一声"我靠"。

阿楚姑娘转过头去,一个吻落在了她的脸颊上。

"你,这,晕……"

"你是不是也想说'我靠'呀?女孩子不能不文明。"

"你,我,这,晕……"

"尽情地晕吧,晕了,有我扶着。"

"你要干吗?"

"大师姐,您是不是还要援引《中华人民共和国刑法》第236条的规定,以暴力、胁迫或者其他手段强奸妇女的,处三年以上十年以下有期徒刑?"

"杜江,我不是妇女!"

"在我这,比我大的都是妇女,比我小的都是幼女。"

"……"

杜江见阿楚姑娘不说话,问了一句没头没脑的话:"请问大师姐,您今天抹了多少粉呀?"

阿楚姑娘故意把头扭了过去,因为她今天的确化了一点淡妆。

没过一分钟,杜江趴在阿楚姑娘的耳边:"对了,我刚才的意思是想夸你漂亮的。"

"少来了,晚了。"

"漂亮这事还分早晚吗?你是早漂亮,晚也漂亮呀。"

"……"

阿楚姑娘是第一次看这部《夏洛特烦恼》，也是她第一次这么完整地看一部爱情电影，她之前只知道《威尼斯商人》的主角叫夏洛特。

夏洛从梦境中穿越回来，特别害怕失去马冬梅，开始分分钟痴缠着马冬梅不放。他知道，这辈子他再也遇不到第二个像马冬梅这样无条件对他好的人了。

电影的主题曲是杨宗纬唱的《一次就好》。

一次就好，我带你去看天荒地老
在阳光灿烂的日子里开怀大笑
在自由自在的空气里吵吵闹闹
你可知道，我唯一的想要

巨幕视觉效果很爽，但是一结束就亮灯、提示散场很烦人。

杜江说他酝酿半天正想哭呢，一亮灯就把眼泪给憋回去了，这太不人性化了。

05

当阿楚姑娘告诉我她的恋爱对象是自己的学生时，我真的惊掉了下巴。

"完蛋呀，阿楚，师生恋，不伦之恋，你以为你们是杨过和小龙女呀？终南山下，活死人墓，神雕侠侣，绝迹江湖。"我趁机展示我对金庸作品的推崇。

"切，我可不想苦等十六年。"

作为一个重理论轻实践的法学硕士，阿楚姑娘很难被所谓的爱情冲昏头脑。

阿楚姑娘是从什么时候开始爱上杜江的呢？应该是从杜江讲笑话开始的吧。

在难过的时候，痛经的时候，无聊的时候，杜江的笑话就像是速溶咖啡，随点随到。

大概是阿楚姑娘爱上了笑话，也就爱上了杜江。

或者，阿楚姑娘是因为爱上了杜江，也就爱上了杜江讲的笑话。

杜江喜欢说"我爱你"这三个字。

先在左耳边说一次"我爱你"，之后，再在右耳边说一次"我爱你"。

阿楚姑娘不懂，杜江给出了解释：

"情话对着左耳说更有效呀。这是美国萨姆休斯敦州立大学研究人员的一项最新研究发现，对着爱人的左耳甜言蜜语更能俘获她们的芳心，这是因为人的左耳由右脑控制。而在人脑分工中，右脑半球负责感性直观思维，对情感类体验更为敏锐。"

"那为什么还要在右耳边再说一次呢？"

"因为人用右耳听的话比用左耳记得更牢。右耳听到的信息汇入左半脑，而左半脑比右半脑更具记忆优势。"

"好吧，你可以去考犯罪心理学的硕士了。"阿楚姑娘耸耸肩膀。

"都依你，阿楚老师。"杜江把鼻子靠在阿楚姑娘的头发上，"真香呀！"

听到这句话，阿楚姑娘居然流泪了，反倒把杜江搞得紧张兮兮的。

"怎么了，阿楚，我错了，我不该乱来的。"

"没有,我想说,谢谢你。"

有时候,人们之所以哭泣,并不是因为软弱,而是因为他们坚强了太久。

阿楚姑娘和杜江一起跨年,本想一起放烟花,但到处都在禁放,哪怕公园也是如此。

零点时分,杜江划了一根火柴,"呲"的一声,一团火焰在夜里绽放。

"阿楚,许个愿吧。"

"嗯。"

阿楚姑娘低下了头,杜江若有所思地看着,就像在欣赏一件精美的艺术品。

阿楚姑娘想去厕所,转了大半天,也没有找到厕所的位置,后来,杜江跟她说,你在这里站着别动,我去找。

五分钟之后,就听到远处的一个声音传来,杜江在喊:"阿楚,我在这里……"

循着声音过去的阿楚姑娘,眼睛里已经看不到杜江,而是满心期待的厕所。

悲催的事情发生了,她发现,女厕所居然被一把锈迹斑斑的大铁锁给锁住了。

在杜江的指引之下,阿楚姑娘平生第一次上了男厕所,她本来也充满了疑惑、不适和犹疑,可最终还是踩着小碎步迈进了男厕所。

从男厕所走出来的那一刻,杜江满脸灿烂地说:"哈,你可被我抓住小辫子了,别想逃。"

阿楚姑娘幽幽地说:"我早就不想逃了。"

06

阿楚姑娘大杜江四岁,可是在杜江面前,却完全是个小女生。
谁说男人成熟得晚?
谁说姐弟型恋爱,男生就一定是被照顾的对象?
有了爱,她始终是那个可以撒娇的小女孩。

有时候,我们单身,其实是处在一个与自己生命中最重要的人相遇前的状态里。
你不知道,那个人会什么时候出现,或者明天,或者后天。
对于阿楚姑娘而言,杜江就像是和煦的太阳,融化着她心里的冰山。

阿楚姑娘也是一个有故事的女同学。
她有过一个相处了六年的初恋,是她的高中同学刘闯,初见时,刘闯便被阿楚姑娘身上极大的不同所吸引。
刘闯是一个抽烟喝酒不烫头的小混混,一开始便在校园里放话,说阿楚姑娘是他的"压寨夫人"。
有一天,阿楚姑娘在学校门口看到有卖甘蔗汁的,问了一下价钱便离开了。
放学的时候,刘闯等在学校门口,递给了阿楚姑娘一杯甘蔗汁,只是由于等待的时间久了点,甘蔗汁已经变了颜色。
阿楚姑娘先是不想接,可是刘闯身边的男生阴阳怪气地说:"大嫂,这可是我们闯哥送的,不能拒绝的!"

刘闯的身边有五六个男生，有的染着黄色的头发，有的打着耳洞，看着就是不良少年的经典形象。一开始，阿楚姑娘是本着"治病救人"的目的接近刘闯的，到了后来，居然真的接受了"压寨夫人"的名号。

怀抱希望，便是失望的开始。

六年的时间里，阿楚姑娘一路成长，可是刘闯却步步走低。

凌晨两点，刘闯给阿楚姑娘发消息说自己没吃晚饭，她定了外卖送到他家楼下。

他答应没有见过海的阿楚姑娘去看海，结果六年的时间，刘闯也没能兑现这个承诺。

刘闯有一段时间迷上了赌博，欠了赌债，阿楚姑娘用自己在杂志社兼职赚来的钱，替他还债。

阿楚姑娘奉献出了自己的身体，却在第二天得知刘闯在酒吧跟别的女人乱搞。

好几次，她都想要分手，但是一想到六年的感情，看到刘闯可怜兮兮的眼神，阿楚姑娘就放弃了。

直到有一天,她试图自杀,那次她割了腕,可惜太疼了,最终没死成,后来割腕的疤变成了一朵花的文身。

尘埃里,也可以长出一朵骄傲的花。

只是再想起那一天,窗外飘起了鹅毛大雪,而阿楚姑娘的心里更是哀鸿一片。

刘闯知道阿楚姑娘寻死的无奈和困顿,给她发了一条信息:"阿楚,对不起。"

不是所有的对不起,都能换来没关系。

此时,阿楚姑娘终于明白了一个道理:缘起缘灭,不过一念之间,总有一些人,走着走着就散了。刘闯就是硬生生"闯"进了她的世界,之后便被阿楚姑娘捧成了一块宝。只是,他终究不是那个对的人。

阿楚姑娘心想,从来没想过自己最怕的居然是死,看来自己终究还是喜欢这个花花世界。

当时的她,正上大三,她决心考研,要考到另外一个城市。

一年后,阿楚姑娘成功了,而且在学业上越来越成功。

07

阿楚姑娘以为自己已经将这段莫名其妙的爱情彻底遗忘了,可是,忽然有一天,从街角的某一家小店听到了一首老歌,她的眼泪就下来了。

因为那首歌,她和曾经最爱的人一起听过。

接下来就是漫长的空窗期。

某一天,一个男生径直走到她的身旁:"师姐,你讲得很好嘛。"

阿楚姑娘眯着眼睛,看向对方,她确信自己曾经在校园里见到过这个男生,笑得没心没肺,就像是一个需要被宠着的小男生。

那一刻,她想过两个人可能会一起逛街,一起讨论法学问题,却从未想过两个人之间会发生爱情。

这个男生,便是杜江。

跨年夜那天,阿楚姑娘许的愿是:

当我们老了,就住在一个人不多的小镇上,房前栽花屋后种菜,不打扰别人,也不希望被打扰。

你看,阿楚姑娘已经在偷偷规划他们的未来了,她确认自己的人生未来里必定有一个位置是留给杜江的。

你说要牵着我的手去看更大的世界,可是你知道吗?我手里握着的,便是我的全世界。

电影《志明与春娇》里,有这样一个桥段:志明想和春娇在一起,春娇心中还有顾虑,半认真半开玩笑地说:"可是我比你大啊。"

志明比画了一下,说:"可是我比你高啊。"

阿楚姑娘跟杜江说:"杜江,你有没有想过,我比你老啊。"

杜江比画了一下:"我想过啊,而且想过很多遍,我还知道,虽然我比你高,可是我比很多男人矮啊。"

阿楚姑娘不解,问:"什么意思嘛?"

杜江笑眯眯地说:"我不想比,你就是你,这就够了。"

爱,就是在遇见你之前,有很多的择偶标准,比如身高至少多少,体重最高多少,颜值几何,家庭背景怎样,等等。

遇见你之后才发现,其实这些都不重要。
重要的是,是你,这就够了。

你,是我的标准。
你,是我唯一的想要。

遇见他，
我相信我们必有故事发生

01

"阿狸！"阿狸觉得自己的耳边被扔了一颗炸弹，耳朵嗡嗡响。隔了五六米，一个男人，冲他摆手。

阿狸的大脑迅速进入了搜索模式，他是谁？

是小学三年级揪住自己的辫子不放非让阿狸叫他哥哥的刘小怪吗？不是，刘小怪后来长成了一个站着尿尿看不到自己小鸡鸡的胖子，不可能是刘小怪。

是高中给自己写过情书的马迪吗？好像也不对，马迪的声音有点像公鸭嗓，刚才的那一声，虽然凄厉，但声音的本质还是甜润可口的，那么，也不可能是马迪。

看身材有点像大学的学生会主席王乐乐，可是王乐乐正在某家卫视台做娱乐主播呢。

那么，这个声音的确熟悉的人，到底是谁啊？

是自己的观众吗？不可能，没有观众知道她的小名叫"阿狸"。

更何况，作为一个化了妆和卸了妆完全是两张脸的女主持人，她确定，方圆五公里内的陌生人不可能认出她来。

眼瞅着那个男人冲自己走过来，阿狸的手紧紧攥着，我是不是需要找一根木棍来防身？

终于，阿狸从对方细密的脚步里看出来了，居然是樊医生。

樊医生在走路的时候，脚离地很近，步子略小，走路速度很快，极有标志性。

只是更多时候，樊医生都是一身白大褂，戴着口罩，把自己全副武装起来，一对浓黑的眉毛如同吃了墨水的两条蚕，慵懒地斜趴着。

可是眼前的樊医生，圆寸头，白T恤上是一只吐着舌头的兔子，浅色牛仔裤，黑色帆布鞋，这哪里有半点医生的样子嘛。

简直不像话！

简直帅得不像话！

还有一点点似曾相识的感觉。

"樊医生，我刚没认出您来。"

"您……您……您没化妆,我也……差……差点没认出您来。"樊医生磕磕巴巴地说,正如第一次见到他时的样子。

靠,阿狸心里飙了一句脏话,这帅小子睚眦必报、杀人于无形。

"喝……喝……喝——"樊医生的舌头正在努力打弯的时候,阿狸体贴地点头:"没问题,去喝点东西吧。"

樊医生扭头看着阿狸,眯着眼睛笑。

"嗯。"

02

两个月前,阿狸第一次见到全副武装的樊医生。

阿狸爸爸要做肠息肉手术,阿狸通过台里某健康类节目的制片人找到了医院里的专家。

樊医生是专家的学生兼助手。他是医学院大六的学生,正在医院实习,胸牌上写着六个字——实习医生:樊同。

很多主持人都有一个通病,见到了字就想念,所以,阿狸不自觉地念了一句"饭桶"。

樊医生的两道眉毛在脸上做了个高难度的堆积动作,之后,就不肯放松下来了。"您……您好,我是樊……樊同,两个字都……都是二声。"

"好的好的,樊医生,我不会说普通话,抱歉啊。"阿狸说这句话的时候,心里炫耀了一下自己的普通话一级甲等证书。

"主任已经,已经交代过了,我……我负责协助您父亲的这次手术,有任何问……问题都可以找我。"

阿狸听不出这位实习医生到底是紧张,还是口吃,吐了吐舌头:"好的,樊医生。不过,别那么严肃嘛,哦,还有,也别紧张,我不吃人。"

说完这句话,阿狸伸出手指指着自己涂着鲜艳口红的嘴巴。

那一天,阿狸化着很精致的妆。

周围有护士认出了阿狸,在背后偷偷地议论。

"我觉得她的鼻子应该整过吧。"

"我也觉得,自然长出来的鼻子怎么可能那么挺,我怀疑胸也是假的。"

阿狸不管那一套,而是更用力地挺了挺胸,心想:老娘这是标准原装不可拆不可卸的。

阿狸爸爸在纪检部门工作,大半辈子嗜烟。

特别是有重大案件的时候,一根接一根地抽,中指和食指的一侧都成了黄褐色。

退休之后,每次体检,阿狸爸爸的体检报告上都会出现一项——重度肺气肿,并且医生反复建议老爷子戒烟。

重度肺气肿,再加上肺功能不好,手术前需要通过吸氧和药物来改善肺功能。

可是,阿狸爸爸是个急性子。

对于每天犹如困兽一样躺在病床上,像一只温顺的猫科动物,阿狸爸爸非常不满。

"阿狸啊,咋一直都不能做手术呢?"

"阿狸哪,憋得爸爸好难受呀。"

"阿狸呀,帮爸爸问问医生……"

别看阿狸爸爸平时满脸严肃,可是阿狸自小就是爸爸手心里的宝,她有时候都会惊讶于爸爸在女儿成长道路上的无原则无纪律。

一想到小时候爸爸对自己的疼爱珍爱和溺爱,阿狸恨不能每天六瓶的吊针打在自己的胳膊上。

三年级那年，暑假作业没有写完，可是第二天就要开学了，阿狸妈妈冲着阿狸挤出了一句话："自己造的孽，自己就要承担后果！"

阿狸心想，我一没放火烧村，二没杀人越货，我咋就造孽了呢。

当然，一边想着妈妈言语里的漏洞，一边手里的铅笔在纸上跳舞。

晚上十一点半，阿狸实在写不完了，阿狸爸爸居然自己拿起笔，帮着阿狸抄作业。

"老吴啊，阿狸迟早会被你惯坏的。"阿狸妈妈摇着脑袋。

阿狸爸爸说："咱自己生的女儿，咱自己知道，惯也惯不坏。"

后来，当阿狸成为一名有着德艺双馨潜质的主持人时，连她自己都惊讶居然没有走上违法犯罪的道路。

也是，老爸做了一辈子纪检工作，怎么可能允许女儿走上歪路呢？

03

阿狸爸爸肠镜手术的前一天，护士拿来了四包泻药。

"护士小姐，我爸有感觉了，能帮忙给个移动的输液架吗？"阿狸气喘吁吁地跑到了护士站。

护士抬起头看着阿狸，这是一张陌生的脸，阿狸记得之前有一个姓王的小护士是她的忠实观众，见到阿狸就满心的欢喜，做事情也是利索周到。

"什么叫有感觉了？"护士问。

阿狸的眼睛前方仿佛蒙上了一层纱，她顿了一下，说："那不重要，现在需要移动的输液架。"

可是，眼前的这个护士，满眼讥诮。

"等等呗，我得看看哪里有移动输液架。"

"行,要不我去别的病房看看?"阿狸平时最受不了自己的家人受罪,一想到爸爸那张脸,她恨不能马上自己变身为移动输液架。

"那不行,您不能去别的病房,传染了病毒细菌怎么办,您是名人也不行的呀。"护士小姐从嗓子眼儿里挤出了很尖厉的声音。

"你怎么回事,会好好说话吗你?"其实别看阿狸在屏幕上爽直麻利脆,可生活中很少跟人争辩。

"哟,名人有脾气了呢。"这位小护士也有一张很精致的脸,笑意盈盈地看着阿狸。

阿狸不管不顾地跑到隔壁病房,借来了移动输液架,后边传来了一句"现在的名人,架子就是大呢"。

阿狸心里一阵疼。

虽然主持本地新闻节目才不到半年的时间,但是阿狸已经成了不少大叔大妈的"亲闺女"。

当然,她不叫"阿狸",她本名叫"吴丽",很多大叔大妈都叫她"小丽"。

唉,这可真是个俗气的名字啊。

而"阿狸"这个名字只属于她的父母和她最亲近的人。

很多人都会觉得名人嘛,出门办事多有方便,可是,方便之余,却也有更多无奈。

比如,去菜市场买菜,别的大妈为了韭菜能省一毛钱恨不能唾沫星子飞上天,可是阿狸不敢讲价,匆匆而来匆匆而去,买了五个西红柿烂了俩。

比如,在小区里经过时,阿狸需要露出八颗牙齿,因为,曾经有人打了节目组的热线电话,说作为邻居,他觉得阿狸不够亲切、乱摆臭架子。

比如，小护士来上一句"现在的名人，架子就是大呢"，那一刻，阿狸多么希望自己用手机拍下与小护士的对话，在自己的新闻节目里播一下。

可是在人家的地盘上，就算像一条马上被煮熟的鱼一样难过，阿狸也只能把苦水往自己的肚子里咽。

阿狸爸爸手术后的第二天，那个小护士跑过来跟阿狸道歉："对不起，我错了。"

阿狸正觉得怪异的时候，小护士补了一句："是樊医生让我必须给你道歉的。"

"哦，就那个饭……"阿狸刚想说"饭桶"两个字，就见到樊医生快步走过来，跟她说："吴小姐，您父亲明后天就可以出院了，请您和家属做一下准备。"

"是吗？哈哈，你们太伟大了！"阿狸一个箭步冲到了樊同的怀里，拥抱了一下对方。

"这……这……这是在……医……医院……"樊同又开始结巴了。

出了医院的门，暖风熏人。

本来阿狸被那个小护士虐得心情跌到了谷底，可是现在已经阴转晴了。

阿狸转身去了医院旁边的肯德基，买了大份的全家桶，送到了医生办公室。

樊医生背向坐着，弓着身子，正趴在电脑前填写病例，一身白大褂，戴着口罩。

这个人还真是喜欢全副武装啊。

阿狸想到妈妈跟她说过的:"樊医生真不错,你爸爸手术前麻醉,需要插尿管啊啥的,都是他帮忙,还有进出手术室推床啊啥的。"

由于紧急的出差任务,阿狸在爸爸手术期间并没有陪护在身旁,她一直深感自责。

还好,有樊同在。

"樊医生?"阿狸尽量让自己的声音柔和一些,免得吓着对方。

"哦,吴……吴姐,不,不,吴小姐。"樊医生的舌头在嘴巴里已经凌乱。

"你没吃晚饭吧?"

"嗯,还没,晚上又……又要加班了。"

"喏,快趁热吃,凉了就不好吃了。"

"哦,谢谢你。"可是说着话,樊同并没有摘下口罩,貌似也没有停下工作的打算。

阿狸突然有一种照顾自己家孩子吃完夜宵写作业的错觉,拜托,我才二十五岁,我还妙龄少女呢,这就要母性大发了吗?这绝对不科学!

"那我先走了,你记得吃了。反正等的时间越长,越难吃。"

"嗯,嗯,我听你的。"

04

阿狸和樊同相识两周后,意外相逢,"喝……喝……喝……?"樊医生的声调降低了一个八度,扭头看着阿狸,眯着眼睛。

两个人走到了一家饮品店。

"我要一杯柠檬水,你就橙汁吧。"樊同的语气里,商量中有点小命令。

"你怎么知道我喜欢橙汁?"阿狸没有憋住自己的疑问。

"猜的。"樊医生摊了摊手,那是阿狸之前观察过的一双手,手指细长,手腕上毛发比较重。

"猜?我又不是灯谜。"阿狸一边为自己的冷笑话自鸣得意,一边想的却是杂志上说毛发重的男孩子某些方面是很拿手的。

樊同说他专门到网上查了阿狸的资料,其中显示阿狸最喜欢的水果是橙子,所以便点了橙汁。

阿狸想了半天,也不知道他是从哪里查来的资料,不过小时候的阿狸最喜欢吃的水果真是橙子,后来由于轻度胃炎,便很少喝橙汁了。

人的喜好会发生变化,人的习惯也会发生变化,就像之前心心念念的一件礼物,后来却早被自己束之高阁了。

"樊医生,你不会喜欢我吧?"

"对……对呀,喜欢……喜欢很久了。"

阿狸的内心独白是,真的假的啊,哪位高人能帮我算一卦啊?我今天到底是撞到狗屎运还是会踩到狗屎啊?这是月亮惹的祸还是丘比特犯的错啊?

樊同一脸无辜地问："怎么不说话了？"

阿狸引用了木心先生的诗："两个人不说话，就十分美好。"

樊同耸耸肩，仿佛听不懂的样子，喝了一小口柠檬水。

阿狸不解地问："你是……"她没忍心把"结巴"两个字说出来。

樊同回答道："我……我……我紧张的时候，就……就会……结巴。"

"不是吧，现在也紧张？"

樊同不说话了，点点头。

原来，阿狸和樊同是老乡，都是武汉江汉区人，阿狸还比樊同大了一岁。虽然两个人念的不是同一所中学，但是两所学校离得很近。

原来，樊同出生在单亲家庭，"我的……我的爸爸，因……因为意外去世了，所以就……就我和我妈两个人相依为命，不过还好，我马……马上就能毕业留在医院工作了，这样也算给爸爸一个交代。"

提到自己特殊的家庭状况，樊同的心里又紧张起来了，阿狸很是理解，甚至母性光辉充盈全身，恨不能把樊同拉到自己的怀里。

也许，冥冥之中，命运已经张开了自己的大手——你们就被设置在方寸之间，却从不相识；后来你们相识，又觉得其实认识了很久。

阿狸说："作为医生，樊先生的普通话可是不普通啊。"

"哈哈，还是要向吴丽大主持人好好学习呀。"

"那你还是叫我阿狸吧，吴丽太生分了。"

"嗯，嗯，我听你的。"樊同回答道。

05

可能是妈妈买回家放在客厅西北角的那棵桃树真的起了作用，阿狸的身边突然挤进来了好几个追求者。

就在半年前,有一个富家子弟追她追得很紧。

阿狸是在小区门口碰到富家子弟的。

那是阿狸在小区租房的第三天,一辆路虎停在了她身旁。

"美女,刚搬过来的吧?"坐在驾驶座上的年轻人,干巴瘦,冲着阿狸微笑。

有时候,我们很难看出对方的眼神里,究竟是友好还是恶毒,善意还是讥讽,特别是在高手面前。

阿狸作为一个武汉妹子,心中有压千钧之力,所以不惧也不恼:"对啊,刚搬来,多照应啊。"

"那么,需要我载你一程吗?"

"你去哪儿啊?我们未必顺路的。"阿狸的脸上是礼节性的笑。

"送美女,不管东南西北我都顺路。"

"恭敬不如从命。"

到了台里,阿狸一只脚刚落地,就听到富家子弟在后面喊:"美女,我叫高淼,你叫什么?"

"我叫吴丽,从武汉过来的。"

十分钟之后,阿狸的手机上接到了一个微信请求:美女,我是高淼。

看得出来,高淼的人脉很广,阿狸的微信号没几个人知道,她到台里也没几天,高淼居然能够找到她。

第二天,几乎又是同样的时间,高淼开着路虎,再次出现在了阿狸的身旁。

高淼一路唱着"跟着我左手右手一个慢动作",把阿狸送到了台里。

临下车的时候,阿狸转头跟高淼说:"喂,下次换一首歌吧。"

结果下一次,高森唱的是薛之谦的《丑八怪》。

丑八怪,能否别把灯打开
我要的爱出没在,漆黑一片的舞台

阿狸拍着手说:"对对对,这首歌才符合你的气质嘛。"
高森给了她一个硕大的白眼,想开口,却不知道反驳什么。

如此一周的时间,高森和阿狸几乎就是男女朋友了。
阿狸没有问一句,"你到底是开路虎的司机啊还是富二代",高森也没有问阿狸"你在台里主持什么节目、你什么样的家世背景"。
也怪那辆车太扎眼,台里开始有人说闲话了,你看,平时装得挺清高的,为了钱,还不照样出卖自己的色相。
阿狸还真想证明一下,她选择跟一个人交往,并非因为钱,而是某一刻的心动。
阿狸说,我们去书城看看吧。
高森看了她一眼:"嗯,爱读书,这是个好习惯。"
于是,在书城里,阿狸翻着自己好朋友写的新书,另外一边,高森拿着漫画书笑个不停。
阿狸清了一下嗓子,手指比画着"嘘",高森吐了吐舌头。

高森的朋友着实很多,三教九流,有商贸中心外面弹吉他的流浪歌手,有不学无术就知道研究泡妞的不良青年,还有手上似乎总是有几个亿的项目要完成的未来商业巨子。
高森本人也没什么定性,有时候一身牛仔风看着痞气十足,有时候西装加白色衬衫加金属胸针看着玉树临风,还有时候干脆就是一身运动风,头上还绑着一条发带,看着就像一头勇猛的小藏獒。

坐在这些人中间,高森说得最多的一句话就是:"来来来,别想那些不开心的事!"

阿狸心里也盘算过,她和高森到底算什么关系?

男女朋友?严格地说好像还差点。普通朋友?好像又不止。一见钟情?肯定算不上。日久生情?这才不到半年的时间。

也许,高森的迷人之处,在于他的简单。

阿狸爸爸是机关工作人员,从小耳濡目染感受更多的是无端的客套和难辨真假的恭维,所以,她更愿意和简单的人聊天做朋友。

真恶,远比伪善更珍贵、更可爱。

阿狸很难想象自己也会遇到类似的问题:物质和精神,到底哪个更重要啊?金钱和爱情,到底哪个更重要啊?

不要一上来就跟我说什么爱情至上、有情饮水饱,有几个人在爱情里没有衡量过对方的背景、房子和车?

我知道,有人问高冷大叔王志文为什么一直单着,王志文说,因为还没遇到合适的。记者追问那什么样的女子算得上合适呢?王志文的回答是"能随时随地聊天"。

我知道,一代词神林夕说,很多人结婚只是为了找个跟自己一起看电影的人,而不是能够分享看电影心得的人。"如果只是为了找个伴,那我不愿意结婚,我自己一个人也能去看电影。"

我知道,王小波说过,一辈子很长,就找个有趣的人在一起。你能想象到吗?大作家王小波和社会学家李银河相爱之余,还尝试过捆绑鞭打这些特殊的亲密方式。

但我更知道,他们是王志文、林夕、王小波和李银河,他们不是普通的路人甲乙丙丁。

06

世界上盛开着那么多的红玫瑰和黄玫瑰,每一朵都迷人,每一朵都光彩照人。

最困难的,永远是选择。

高森和樊同是很不一样的人。

如果说高森是一杯纯净的白开水,樊同则有些像咖啡,其中有一些内容。有时候,阿狸甚至觉得樊同更像个黑洞,隐藏着很多的未知。

樊同分明还是个没有毕业的学生,却整日一副心事重重的样子。

比如,樊同知道阿狸喜欢吃微辣的小龙虾,两个人会戴上手套,把虾钳里的肉也要剔干净全部吃掉,吃完的虾壳摆出来像一件艺术品;而高森更喜欢吃甜食,每次勉为其难地陪阿狸吃麻辣小龙虾的时候,都是心不在焉草草结束。

比如,樊同知道阿狸最喜欢的歌手是黄建为,还能在KTV里唱两句这位民谣歌手的代表作《可风》;而高森更喜欢撕心裂肺的摇滚,崔健的《一块红布》、信乐团的《死了都要爱》,都是他的最爱。

比如,樊同陪着阿狸和她的同事们玩真心话大冒险,樊同输了,他就真的去超市买了一根雪糕,然后满脸真诚地问店员:"吃这个要连包装纸一起吃吗?"而高森输了,会满不在乎地哼唧不玩了不玩了。

阿狸既喜欢高森的简单,也喜欢樊同身上的在意。

阿狸是双子座,又是AB血型,所以你可以想象得到,她内心里的四个小人凑在一桌打麻将的时候,她是多么崩溃。

爱情,不完全是婚礼上的誓言和戴在手指上的鸽子蛋。

爱情,更应该是一言一语、一唱一和、一颦一笑。

阿狸觉得自己更像是高森的一个玩伴,于是义无反顾地跟高森摊牌了。

"高森,很显然你应该找一个比你更幼稚的女孩子,我们真的不适合。"

"我觉得你就挺合适的啊。"高森一边回答,一边也没有停下正在玩的手游。

"问题是,我现在觉得不合适。"

"你怎么觉得不合适?"

"我觉得我们压根不是一路人。"

"那你觉得你跟那个医生是一路人吗?"高森的手指依然没有离开手机屏幕。

"你,你是怎么知道的?"阿狸一直以为自己藏得很好,她突然觉得自己不了解眼前这个她一直以为简单直接的高森了。

07

两个月后,阿狸终于决定要带着樊同见家人。

阿狸爸爸盯着樊同的眼睛:"小伙子看起来很面善啊。"

阿狸笑嘻嘻地说:"爸,你认出来了?"

"可惜,没想起来。"

"爸,他就是樊医生,您住院期间的护理医生。"

"哦哦哦,是樊医生,怪不得觉得有些面善。"阿狸爸爸盯着樊同的眼睛,不断地点头。

"我不同意你们在一起。"樊同走了之后,阿狸爸爸正色说道。

"爸,你需要给我一个理由。"

"他没毕业,所有的一切还是未知数,我不能把我的女儿交到一个问号的手里头啊。"

"可是他已经跟医院签了协议,毕业后,可以直接在医院工作了。"

"我不同意你跟医生交往,这个工作太辛苦,而且你看你们节目里也经常报道医患矛盾,这个职业太危险了。"阿狸爸爸大手一挥。

"爸,你之前还跟我说过,人要有一点责任感,而且医患矛盾本身就不是天然矛盾,医生和患者共同的敌人是疾病。"

"樊医生比你小了一岁,太幼稚了,你自己都照顾不了自己,得找个有照顾能力的。"

阿狸据理力争,说:"爸,我妈比你也大了一岁呀。"

"他是单亲家庭出身,这一点,他很可能有性格缺陷。"

"可是爸,我奶奶也在你很小的时候就去世了,你是不是也有性格缺陷呢?"

"阿狸,不许胡闹。"阿狸的妈妈插了一句话。

"妈,我怎么就胡闹了?我觉得他好他觉得我好,我觉得这才是年轻人的爱情啊。"

"吴丽,你听好了,你老爸我就是觉得樊同不好。"说完这句话,阿狸爸爸就从客厅走进了卧室。

父母都是这样，在我们单身的时候，是最明智的——

孩子的事，我从来不插手，她想找啥样的就找啥样的，只要是活的就行了。

可是，等女儿带着自己认定的真命天子出现的时候，父母就开始了"防火防电防女婿"的找茬游戏，生怕拱了自家好白菜的是二师兄。

从未对父母失望过的阿狸，内心多了一丝怨怼。

08

一整夜，阿狸听到爸爸的叹息声就在耳边，也不知道是在做梦还是真实的。

中午，阿狸爸爸回到了家，嘴巴里还哼着他能完整唱下来的唯一一首歌曲——"你是谁，为了谁，我的战友你何时归……"

看得出来，老爷子心情还是不错的。

阿狸本想跟爸爸开个玩笑，但想到爸爸昨天的表态，又作罢了。

没想到，阿狸爸爸主动凑了过来。

"阿狸，可能爸爸老了，爸爸一直没觉得你该找一个医生做男朋友，或者说让一个医生做你以后可以依靠的男人。爸爸太自私了，我只是觉得医生太累了。现在爸爸想开了，只要你喜欢，爸爸就支持你。"

爸爸的态度出现了一百八十度的大转变。

"爸，您……"

没等阿狸讲完，阿狸爸爸突然问道："阿狸，你觉得爸爸算不算一个严苛的人？"

"爸，我错了，我昨天不应该表达那样的情绪……"阿狸整理着讲话的头绪和逻辑。

"爸爸是指工作，你也知道爸爸一直从事的是纪检工作……"

阿狸觉得爸爸是有心事的，问道："爸，怎么了？"

"哦哦，没事没事，昨天晚上想得比较多吧。"

阿狸当时并不知道，在刚刚过去的上午，她生命里的两个男人经历了什么。

早上九点半，樊同按照阿狸爸爸的约定，出现在了医院附近的一家咖啡馆。

待樊同坐定，阿狸爸爸又仔细地打量了下他，这不就是年轻时的耿文明吗？

特别是略薄的嘴巴和直挺挺的鼻子，只是弯弯的眼睛更像樊同的妈妈。

那是在十八年前。

那一年，樊同六岁，他当时还叫耿同。

耿文明是县交通局的局长，是县里的老好人，模范局长，拒绝公车接送，每天骑自行车上下班。

可就是这样一个模范局长，却被举报为某路桥工程有限公司在工程承揽及工程拨付等方面提供帮助，先后三次收受该公司经理张某所送的现金，共计人民币二十五万元。

作为当地纪委书记的阿狸爸爸连夜找到了耿文明。

耿文明希望阿狸爸爸念及旧情，能够卖一个面子给自己，看能不能把二十五万还给对方，这事能私了就尽量私了。

阿狸爸爸却坚持这件事不能讲感情，否则就是在错误的道路上一错再错。

没想到，耿文明却趁上厕所的时间，用一根皮带吊死在了厕所的隔断里。

耿文明的口袋里，还塞了一张纸条。

看在我已经不在了的情分上，组织能否留点钱给我可怜的妻儿，毕竟他们还要生活，特别是我还有个可怜的女儿。

不找借口，亦不找理由，错了就是错了，辜负组织的信任。谢谢组织多年的培养，请求手下留情。

耿文明

每一笔都很工整，看不出任何凌乱的心绪。

阿狸爸爸还是带着人去了耿文明的家里，搜出了所有的现金，二十三万余元。

那也是阿狸爸爸第一次知道耿文明还有一个大女儿。

耿文明的大女儿比儿子耿同大三岁，可是还不会说话，后来，耿文明才搞清楚女儿的症状是孤独症。

孤独症的有效训练方式是一对一，而且需要很长的时间，再便宜的费用乘上时间，都会耗费大量的人力和物力成本。

这些，靠耿文明的工资根本无法支撑。

于是，耿文明收了工程方行贿的钱，联系上了上海的一家康复中心，他想给女儿治病。

时间过去了这么久，阿狸爸爸也多次想过，自己当时的秉公办事是对的吗？耿文明的死，自己是不是也推了对方一把？如果再来一次，自己会不会是另一种选择？而自己这样想，只因为恻隐之心吗？

可是，上天很多时候，压根不给我们选择的权利。

09

耿文明畏罪自杀,这在当年可是县里的重磅新闻。

报纸上用了很大的一张照片,照片上打了马赛克,浓重的一团黑。

樊同记得他爸爸那天被带走前,跟他说的最后一句话是:"帮爸爸照顾好妈妈和姐姐,还有你自己。"

樊同也记得爸爸走了之后,一大波人来到家里,问他妈妈,问他,对家里的家具又是踢又是扔,后来被阿狸爸爸制止了。

樊同的妈妈带着樊同,去求阿狸爸爸能够宽大处理,希望他可以睁一只眼闭一只眼。

樊同的妈妈不断流着眼泪,六岁的樊同坐在阿狸家的沙发上瑟瑟发抖。

噩梦终究是噩梦,樊同感觉到一种彻骨的冷,找不到出路的迷茫,笼罩在一个孩子的心上。

后来,家里只剩下母亲和耿同,以及一个完全照顾不了自己的姐姐。

耿同变成了樊同,他跟了妈妈的姓。

当阿狸爸爸看到樊同的那一刻,十八年前的记忆,都回来了。

他就像一只张开翅膀要保护幼鸟的大鸟那样,要替女儿阻挡住所有的危险。

他本能地想,这个小伙子是来报仇的。

在咖啡馆里,阿狸爸爸问樊同:"你是什么时候找到我们的?"

"找?我……我……没……没找啊,是你们……你们……找到我的。"樊同淡淡地说,虽然话依然说得不利索。

"你想怎么样？"

"我……我……就……就想……想和阿狸在一起。"

"然后呢？"

"然后，生宝宝，幸……幸福地生活在一起。"

阿狸爸爸点着了手里的烟，皱着眉头说："你是来报仇的吧？"

"如果我说您想错了呢，吴叔叔？"樊同的眼神是那样清澈，"还有，叔叔，您的肺功能不好，不要抽烟了。"

"哦，哦。"阿狸爸爸一边应着，一边掐灭了手里的烟。

樊同说："当我看到您的名字，又确定跟我是老乡的时候，我就知道您是谁了，我有一种子弹上膛的快感。"

"有一段时间，我在梦里都想要杀了您，吴叔叔。"

"樊同，现在想来，我对不起你们一家人。"

"吴叔叔，我现在只想跟阿狸在一起，也让秘密始终成为秘密吧。"

不可否认，当樊同知道当初害死自己父亲的那位吴书记居然作为一个病号躺在自己面前时，他甚至动过一个念头，想利用自己的医学知识，让他离世。

但念头，只是念头。

樊同没有想到，自己对阿狸的那份情感完全无法抑制。

某一个晚上，樊同在饭桌上点了一炷香。

樊同跪在地上，泪流满面地说："爸，对不起，我可能没有办法帮您报仇了。我让您失望了。您能原谅我吗？"

哭泣的声音，回荡在整个客厅里。

空荡荡的，连一丝风都没有。

10

一周之后,阿狸刚下直播,就接到了樊同的电话。

阿狸开心地问:"你今天不是值班吗?"

"是我。"电话里的声音不是樊同,而是高森。

"怎么是你?"

"怎么不能是我?"对方提高了嗓门。

"你让樊同接电话。"阿狸冷冷地说。

"樊同,你认识他吗?"

"樊同是我男朋友,高森,你别闹。"

"到我们小区东边的停车场上,我和你男朋友等着你。"

阿狸没有感觉到怕,她甚至觉得全身的血液都写着勇敢。

靠近一看,樊同的双手被绑着,跪在地上,旁边是高森和他的两个朋友,之前还一起吃过麻辣花蛤的。

"高森,你干吗呢?"

"阿狸,你是不是傻啊?你以为这臭小子爱你吗?"

"高森,是的,我以为他爱我,我也爱他。"

"哈哈,滑天下之大稽啊,他老子被你老子害死了,他叫耿同,他怎么可能爱你啊?"

阿狸的脑袋嗡的一声,好像有一段往事从记忆里被打捞了出来。

那段往事,她并不知情,但从爸妈断断续续的聊天中,她知道当时有一个人叫耿文明,爸爸秉公执法,耿文明畏罪自杀。

她看了一眼樊同,对高森说:"高森,不管曾经发生过什么,我都始终愿意跟他站在一起。这是我和樊同的事情,与你无关。"

高森趾高气扬的脸,突然就泄了下来,满眼的死灰。

说完，阿狸就直接过去，将樊同扶了起来。

我们没有改变不了的未来，只有无法改变的过去。

能设身处地地体会他人的思维和情感，才是一个人成熟的标志。尊重一个人，就从用心对待跟他有关的所有信息开始。

11

阿狸是我曾经的同事，她约我跟樊同一起吃饭。

阿狸去洗手间的间隙，樊同给我讲了一个场景：

当年，妈妈带着六岁的樊同去过阿狸的家里。

正在樊同瑟瑟发抖的时候，穿着粉色小裙子的阿狸走了过去，递给了樊同一个橙子："这个橙子可甜了，你尝尝吧。"

当时的小公主阿狸不知道对面的男孩子是谁，不知道他为何发抖，也不知道他的妈妈为何而哭泣，却递给了他一个巨甜无比的橙子，以至于之后不管遇到了什么难过的事，想到那样一个晚上，有一个小公主的微笑，捧着一个金黄色的橙子，所有的一切，都没有那么难过了。

樊同说："小新哥，我听过、看过太多分手的理由了，可是当我们提出分手的时候，为什么不想想当初为什么在一起呢？就像我和阿狸在一起的理由多么美好啊。"

是呀，两个人从相识到相爱不易，跨过了千山万水。当我们的感情走到尽头，总是能列出许多分手的理由，却很少谈起当初为什么在一起。

我笑了："喂，那你俩说一句对方说过的最感动你们的话吧。"

阿狸和樊同共同提到了某一个深夜。

阿狸说："我不管你是樊同，还是耿同，我知道，我爱你。"

樊同说："我不管我们之间有恩，还是怨，从我见到你的第一眼,我就知道,我不能离开你。"

不管是樊同,还是阿狸,都提到了"我知道"。

每一个"我知道",都是内心的无比确信,是的,命中注定,因果轮回。

村上春树说:

"每个人都有属于自己的一片森林,也许我们从来不曾走过,但它一直在那里,总会在那里。迷失的人迷失了,相逢的人会再相逢。"

是的,迷失的人迷失了,相逢的人会再相逢。

我给你讲个笑话，
你可别哭呀

01

某天，电话铃响。

是阿欢，"嘿，新哥。"

阿欢平时都是叫我小新的，尽管她比我小了足足六岁。

"怎么改称呼了？"

"偶尔换换也是很好的嘛。"

听到阿欢的这句话，我心里一沉，隐隐觉得有什么事情会发生。

"喂，我给你讲个笑话，你可别哭呀。"能够感觉到阿欢提着笑肌，心情很好的样子。

其实，她一直是个直来直往的人。

"我跟你说呀，我谈恋爱了。"

"还是和他？"

"嗯，我们牵手，也接吻了。"

"哦。"我沉默了两秒钟，"阿欢，我给你描述一下我的状态呀，我抱着明天上午演出的西装，走在小区的路上呢。"

"想想你抱着西装，一个人孤孤单单的，还蛮悲情的。"从阿欢嘴巴里发出的声音，我知道她嘴里一定有一根棒棒糖。

我说："我抱着西装，一个人孤孤单单的，这不悲情，我捧着一颗破碎的心，才悲情呢。"

头顶的月亮真是够清冷的。

那一天是2017年6月15日，J城，桑拿天。

02

我的手机里，唯一的星标朋友就是阿欢。

我和阿欢认识六年了，初相识那年，我二十六岁，她二十岁。

当时我正在逛书店，突然看到了一本书，有些血脉贲张的标题和封面图，而我从作者栏里看到了她。

很少有女作者会足够自信，在书里放上自己的照片。

照片上的女作者穿着淡粉色的裙子，很像小镇少女，清瘦，微闭着眼睛，给人一种单纯和不谙世事的美好，像油画家笔下的少女。

我毫不犹豫地买了那本书。

后来才知道，阿欢其实是个知名的少女作家，身后拥有一大波粉丝。

回家之后，我捧起了那本书，不知道为什么，从阿欢的文字里，我总能想到自己的过往。

一部长篇小说，我看到了凌晨五点钟。

看完之后，感到满足，也有些失落，甚至有一种余生无望的感受，感觉所有的人生都已随着小说过完。

那还是一个用博客的时代，我按照书里的标注，找到了阿欢的博客。

我发了一条私信："阿欢你好，我叫小新，非常喜欢你的文字，我在J城，这是我的电话，有时间联系。"

等了很多天，都没有收到回复。

有一天晚上，我收到了一条短信："小新，你好，我是阿欢。"

我异常兴奋，按照那个号码打过去，对方却挂断了。

"抱歉小新，我不想通电话的。"

难道阿欢有语言障碍？还是压根就不会说话？再或者有口吃？

我在心中猜想。

后来证明，是我想多了，因为我们第一次的通话足足进行了六个小时，你能够想象那样的通话状态吗？

从晚上十点，一直到凌晨四点。

聊天过程中，有一阵我也会犯困，可是想到电话那边的人是那么的明亮，就感觉自己像安上了永动机一样。

我们的生命中，总会遇见这样一个人，你想和他（她）时刻待在一起，和他（她）在一起的每一分钟都很兴奋，每一秒钟都不舍得合眼。即使到了深夜，你也毫无困意。

因为遇到了这样一个人，小龙女走出活死人墓，小昭开口唱出"急急流年，滔滔逝水"，纪晓芙甘心死在灭绝师太的掌下，杨不悔自愿偿还父母欠下的情债。

当我们遇到了这样一个人，他（她）会给我们的生活带来变化。

我偶尔会问阿欢："你在干吗呀？"

她就会说："我在孤独呀。"

她写东西的时候习惯喝一罐啤酒，抽一根烟，而我恰恰相反，我是一个烟酒不沾的男人。

从此，我认定了吸烟的女子非常有魅力。

我说："阿欢，我觉得你写的文字是最棒的！"

阿欢说："小新，我觉得我写的都是一个小女生的暗恋呢。"

我说："不不不，也有大男生的暗恋。"

阿欢说："小新，你平时喜欢去哪里旅行呀？"

我说："阿欢，我是一个标准的宅男，从旅行中找不到任何快感。"

阿欢说："可惜呀，我最喜欢旅行了。"

我说："阿欢，你最爱吃的是什么呀？"

阿欢说："我最喜欢吃棒棒糖了，我现在吃的就是橘子味的。"

我说："可惜呀，我不太喜欢吃甜食呢。"

阿欢说："小新，我们这里好冷的，我最怕冬天的冷。"

我说："呀，冷，我倒不怕，我倒蛮怕热的。"

阿欢说："热了，可以出点汗，也蛮爽的嘛。"

我说："阿欢，我们就是欢欣鼓舞组合。"

阿欢说："对的，小新，我们就是欢欣鼓舞组合。"

你看，我们深知彼此有太多不同，可是我们依然愿意心神合一。

我是一个靠说话来谋生的主持人，说话算是我的特长。

可是，在阿欢面前，我却觉得自卑，因为她的声音清脆得像一颗果子落在湖面上。

为了阿欢，我愿意放弃我所擅长的一切关于爱情的套路，用一种见效最慢的方式来接近她、打动她。我小心翼翼地向她表达着我的每一份欢喜和喜欢。

03

之后，有意无意地，我会说一些带颜色的段子。

我跟阿欢说：

"完蛋了，作为一个老男人，我好像开始起夜了，这说明我的肌肉开始松弛了，我老了，将来无法带给你幸福生活了。"

"你能想象吗？这样一个盛夏的夜晚，对于一个欲火太旺的单身男人而言，你就算是打119，叫多少辆救火车来灭火，恐怕都不好使呢。"

"有个女同学，找了个男朋友之后，不但脸上不长痘痘了，皮肤和气质也变得越来越好，但是他男朋友却日渐消瘦。阿欢，你知道这是为什么吗？"

阿欢在电话那一端笑了。

后来，阿欢问我："你是不是跟别的女孩子也玩过类似的游戏？"

我百口莫辩。

阿欢在南方的G城，我在北方的J城。

我们纠结最多的问题是，天寒地冻，路遥马疲，什么时候才能见一面？

有一个周末，阿欢给我打了电话，她说她终于完成了一部长篇小说，她终于可以启程来J城看我了。

我在日记本上专门写了一小篇文字：我要带着阿欢去吃：日式料理一次，自助烤肉一次，海鲜一次，麻辣香锅一次，火锅一次，川菜一次,小龙虾一次,烧烤一次……

我把这个计划表拍照发给了阿欢。

阿欢说:"好期待呀,小新,晚安。"

可是,阿欢,我才不要和你说晚安,我要和你在一起。

04

阿欢最终没有来,因为她马上又开始了下一本书的创作。

我带着赌气的情绪向她表达了我的不满。

阿欢说:"放心啦,小新,我们一定会见面的。"

是的,亲人、仇人、爱人、敌人,都一定会见面的。

05

大概一周前,阿欢跟我讲到他们的相遇。

阿欢坐公交车的时候,看见了一个男孩子,个子很高,头发有点自来卷儿,穿着白色的衬衫、瘦腿的铅笔裤和一双板鞋。

男孩子走到阿欢的旁边,嘴角一直带着笑。

第二天,相近的时间,还是在公交车上。

阿欢一上车就瞧见了男孩,只是男孩的旁边坐着别人,看样子两个人并非同行,因为二人始终都没有交流。

阿欢找了附近的座位坐下来。

等了一会儿,阿欢还是走过去,冲着男孩旁边的中年人说:"哥哥,抱歉,这位是我朋友,我们能不能换一下座位?"

男孩笑了,也冲着旁边的中年人说谢谢。

世间有各式各样的相遇,有一种相遇无须多言,你想说的话还未开口,我就明白了,你的每一个表情,我都能读懂,我们初次见面,便像两个老朋友。

最让人心动的相处模式——初次见面,便是故人。

阿欢和男孩交换了联系方式。

阿欢给我打电话说:

"他每天都会去我们小区的小亭子那里等我。"

"我们今天下午看了一场电影,电影院里就我们两个人。"

"他给我带了一大包零食。"

我问阿欢:"你们会在一起吗?"

"不会吧,我还没做好谈恋爱的准备呢。"

06

可是阿欢最终跟我说了那句:"喂,我跟你说呀,我谈恋爱了。"

那是一个J城的桑拿天,那天月光清冷。

当时我手里捧着我第二天演出要穿的西装,仿佛我的西装底下藏着一只小兽,因为近处的人能够看出来西装一直在颤动。

我的手,一直在抖。

我说:"阿欢,我要把我们的故事写下来。"
阿欢说:"哈哈,我还蛮想看的。"
我说:"其中肯定充满了咒骂,毕竟我被抛弃了。"
阿欢说:"唉,你就是个小孩。"
我说:"只有爱,才能把我变成小孩呀。"

我的笔记本电脑里存着阿欢给我录的一段声音,那是我们认识之后我过生日时,她录给我的一段祝福:

本来不委屈的,一见到他就委屈了。
本来不想哭,一看到他就忍不住。
希望你遇上这样的人。

可惜后来,我家进贼了,小偷偷走了我的笔记本电脑。
我写了一则寻物启事。
如果小偷能够把那段音频发到我邮箱里,我保证不报警,而且给他打去五千块钱。
只可惜,不知道小偷是压根没看见,还是觉得我是想引蛇出洞,总之那段音频再也没找回来。

总听到有人说,感谢那个伤害自己的人。
我起先很是不解,对方曾用刀捅向我,我为什么还要去感谢对方?
后来,我才懂得,世间之情中,爱情是最不讲道理最无法计算付出与回报的。
我给阿欢发了一条微信:
"能够遇到彼此喜欢的人,真的太不容易了,所以我要祝福你。"

长达六年的时光里,我们居然始终都没有见面,我们又不是相隔天涯海角,又不是飞鸟和鱼,唯一的原因就是我们都爱自己,胜过了爱爱情。

你我还是你我,只是看生活会给我们哪些馈赠或耳光。

让我最痛心的是,打我耳光的居然是你,你不该是生活馈赠给我的礼物吗?

也许,我们都一样,在分手之后会瞬间长大。

分手之后,我们就如同换了一个人,是越来越好的自己,对爱越来越认真的自己。

07

拜伦有一首诗:

假若他日相逢,我将何以贺你?
以眼泪,以沉默。

阿欢说:"我觉得自己确实很对不起你,我记得我们在一起的点滴。"

我说:"阿欢,其实我们从来都没有在一起过。唉,我都要哭了,你开心就好了。"

阿欢说:"以后见到你,要抱你五分钟。"

我说:"你愿意抱我就很好了,我很知足。不过,一年顶一分钟,那也要六分钟呀。"

阿欢说:"我要抱你一晚上。"

08

我的生命里,真的有过阿欢这个人吗?

六年之后,我问过自己这个问题。因为这篇文章里所记录的这一切仿佛都没有发生过。

再深情的人,也有健忘的时候。

遇到喜欢的人很不容易,被喜欢的人喜欢更不容易。

我们在生命的旅途中都会碰到一份无法触及的虚拟,他,或者是她,让我们在这条艰难的路上有了走下去的意义,所有暖色调的东西都与其有关。

但是啊,最终也只是相伴着走过一段路而已,最终也只是成了遗憾而已。

我爱你。

从未后悔,也尊重故事结尾。

CHAPTER FOUR
别害怕一个人生活

你说,你那边鲜花还在开。
所以,我要去看你。
时光很急,
不要等到来不及。

如果，
他们有一张不老的脸

01

在很长一段时间里，我都在质疑父母之间的那份爱，至少没那么爱。

他们的性格相差悬殊。

我爸属于严肃认真型，我妈属于活泼好动型，所以他们之间最经常的对话就是，我妈说我爸："我还没收拾好呢，你别着急下楼！"

我爸也不管这一套，早早就下了楼。

我妈跟在后面，无奈地摇头，"你爸这个人一辈子就这样，从来都不管别人。"

我爸说我妈，"你妈这个人啊，一个问题怎么教她也教不明白，刚才都告诉她怎么办了，她还总是问总是问，真是愁人啊。"

这时，我妈就会表现出很可怜的样子，恨不能泪眼盈盈。

他们年轻时代的争吵，更是让敏感的我心悸不已。

我想过很多次，这俩人不会离婚吧？我不会成为孤儿吧？

前一段时间，我爸要在济南做一个小手术，我爸妈就坐火车来了济南。

每次在车站，我都是隔好远就能认出他们来，冲他们喊："爸，妈……"

他们看着我朝他们走来，脸上堆满了笑。

老人总是习惯早起，每天早晨五点钟，我爸妈就起床了，而那个时间刚好是我睡得正熟的时候。

于是，他们就先做好饭，等我起床吃饭。

从六点多等到八九点，菜都凉了，也要等我起床一起吃。

后来，我给我妈发信息："我昨晚没有休息好，你们晚点起床嘛。"年过三十岁，依然会对父母撒娇。

第二天，我七点多起床上厕所，心想，爸妈出门了吗？怎么没做饭？

当我推开爸妈卧室的门，看到我妈半躺着，我爸坐在窗户旁边。

"怕耽误你休息，我们都不敢出门了。"我妈的语气里有些小小的抱怨。

也真是难为他们了。

平时极少会跟别人亮明主持人身份以求方便，可是，老爸住院期间，我说得最多的就是："我是小新，嗯，我就是那个主持人，拜托拜托，谢谢谢谢。"

曾经要强的老爸，面对比他小了两轮的医生，温柔得像只小猫。

医生问他："有多久了，上楼梯会觉得喘？"

我爸幽幽地说："三四年了吧。"

我说:"肯定不止。"

我爸点点头:"那可能更长时间了。"

医生摇摇头:"烟可是一根也不能再抽了。"

我爸不说好也不说不好,面无表情,有点懵。

我说:"医生放心吧,老爷子已经戒了十几天了。"

十几天前,我妈在电话里说我爸成功戒烟的时候,我脑海中想的一直都是我爸双手叉腰摆事实讲道理的样子:"我抽烟,那是因为我身体里需要,让我戒烟,那是不可能的!"

几年前的倔老头就是这个样子的。

病床上,我爸戴着老花镜,手里捧着一本历史书。

他偷偷问我:"你得问问你朋友,一般主任级别的医生,咱们得送点什么给人家表示表示……"

我说:"真不用,这位医生是认识多年的好朋友。"

"还是得表示表示。"

"好。"

我妈每天大包小提溜地往医院里带很多日用品。

她走在我前面,背着一个双肩包,小步子挪得很快,可是又经常迷路。

"哦,这条路吗,还是那一条路?"

看到我妈这个样子,我眼眶泛红。

晚上,我下了直播后去医院陪我爸。

我爸说:"你还是要跟你妈一块儿,她不熟悉路,别走丢了。还有你家的防盗门太难开了,我怕你妈自己开不了门。"

一会又说:"你还是早点回家,跟你妈一块吃饭,告诉她我没事,要不你妈肯定又得担心了。"

这完全不是我记忆中那个不太顾家、偶尔冲着我妈乱吼的大男子主义爆棚的男人。

我调侃我爸:"哎哟喂,你还是挺关心我妈的嘛。"

他冲着我笑:"那怎么办,有什么办法。"

突然想起,我五六岁那年,家里没什么家具,我们一家三口坐在小板凳上,趴在破旧不堪的小饭桌上吃饭,桌面上坑坑洼洼的。

当时吃着馒头就咸菜,仍觉得很幸福。

在我爸冲着我笑,说出那句"那怎么办,有什么办法"的时候,我再次体会到了那份一家三口的幸福温情。

02

跟我爸结婚时,我妈娘家的条件是很好的,可是我爷爷家里穷得叮当响,落了许多饥荒才在村里盖了婚房。

我问我妈不委屈吗?

我妈说:"当时就觉得你爸人好啊。"

"你见我爸的第一感觉是啥?"

"我都没好意思看他一眼。"我妈回答着我的问题,看着坐在一旁的我爸,眼神里满是柔情蜜意。

我妈跟我爸结婚时,隔壁嫂子送了二十个鸡蛋,对门婶子给了两斤蛋糕,隔一户的大娘给了两尺布……

这些都被我妈记在纸上,过年时还翻给我看,说:"咱啊,不能忘了人家的恩。"

1982年2月17日，我作为一个早产儿出生了。

我爸回忆说，那会应该是上午十点钟。

其实，关于我的出生，我爸并没有发言权，我妈发言权也一般。最有发言权的是我的大妈，我是被大妈接生的。

我也是我大妈这辈子接生过的唯一的孩子。

"她怎么这么大胆呢……"回忆起往事，我妈不无感慨地说。

没过几天，我就出现了不良反应，身上青一块紫一块，上一秒还喘着气呢，下一秒就没动静了。

我姥爷以为我活不了了，都准备把我埋了。

后来，大伯找来了镇子上唯一一辆大头车，到了姥姥家，把我送到了医院。

医生的诊断结果是——新生儿肺炎。

羊水呛到了肺里，当时的死亡率是非常高的。我被送到了县城里最大的医院，接下来全家都围着小小的我转。

姥爷到了医院给我洗尿布，小舅舅从厂里拿来了酒精灯，用它做简单的饭。

正所谓，吉人自有天相，虽然我小时候有些营养不良的瘦弱，却奇迹般地活了下来。

长大后，我妈最经常念叨的一句话就是："这些人的恩，你可不能忘啊。"

我用力地点头。

我跟我妈聊天，她说的最多的就是别人对咱们都很好。

记得当年我用了一本边儿都皱巴巴的《新华字典》，也不知道那本字典传到我这里传了多少代，反正字典上记了很多笔记，我当时就特别想有一本干净的字典。

我妈买了一本，塞给了我表哥。

我跟我妈掰扯这事，她却说："你不知道啊，当年我每次回你姥姥那里，你舅妈都会用小围裙裹上两包蛋糕给我。"

"为什么用小围裙裹着呢？"

"怕你哥看到闹啊，那时候你哥也就六七岁。"

我爸妈刚结婚的时候，我姨和我姥爷还有我表姐去看我妈。

我姨翻看我们家盛面的大缸，问我妈："小妹，怎么就这么点面？"

我妈的回答是："这些还不够吗？够了。"

过了一段时间，表姐的妈妈，也就是我大舅妈，骑着自行车驮了一袋面送到了我们家。

前年，九十岁的姥姥去世了。

我安慰我妈："妈，姥姥都九十岁了，走的时候还不痛苦，挺好的事儿。"

"可是，可是，我就没有妈了啊。"我妈的眼神里满是落寞，"而且你姥姥对咱家是真有恩啊。"

我妈跟我说的故事，有的我虽然经历过，但很多事情早已没了印象，可听我妈说完之后，那些故事流露出的暖意在心底久久不能散去。

这些人的恩，我不能忘了，我妈也一直都没忘。

03

我的好友凯恩的父母比我父母年龄要大一些，他还有一个姐姐。

有一天，我俩在台里的餐厅吃午饭，他的电话响了，是他妈妈打来的。

他看了一眼手机，做深呼吸状。然后接了电话，问他妈妈有什么事情。

后来，两个人聊了聊家常，凯恩告诉他妈妈他那个才两岁多的女儿在小区举行的爬行大赛中勇夺第一名，又聊了些东家长西家短的事儿。

接完电话，凯恩转头跟我说，父母年龄大了，每次接电话之前都要深呼吸，生怕电话那边传来不好的消息。

那短短几秒钟的深呼吸，是担忧，更是做好承担责任的准备。

我平常是很少开口跟别人说困难的人，总觉得自己一个堂堂七尺男儿是可以独自克服一切困难的。

在很长的一段时间里，我乐于也享受着当劳模。

比方主持节目，过年了，没人主持，我可以顶上。因为年龄大的已婚了，肯定有很多亲戚要走，我没结婚，可以顶替他们；年龄小的玩心比较重，让人家过年期间还要直播也不落忍，当老大哥的总得保护一下吧。

况且，对于电视节目主持人而言，节目本身就是战场。你上的战场越多，证明你的价值越大。

就这样，我被自己催眠了。

有一段时间，每天主持的电台和电视节目加一块儿，得有五六个小时。

身体累，心里却充满了自豪和满足。当然，会忽略了最疼爱自己的父母。

2019年，我爸六十三岁，我妈六十一岁，当某一天突然想到这个数字的时候,我的心被揪了一下。

在我的内心深处,一直觉得我爸还不到四十岁呢。

歌里在唱:"时间都去哪儿了?"

掰着手指头数了又数,也没得出最后的结论,这才是最可怕的。

04

有一天,我的节目里播了一条片子,是关于电影《失孤》的原型,山东聊城的郭刚堂。

电影里,井柏然饰演的曾帅,历经千辛万苦,终于找到了身在四川的亲生父母。

村里人蜂拥而至,包围了回到家的曾帅。

曾帅见父母之前特地去染了头发,穿着一件白衬衫。

他只是个普普通通的小青年,在平常的岁月里过着普普通通的日子,他幻想爱情,喜欢打扮,热爱生活。

但他越是这样,越是让人痛心,越是表面阳光无邪,越是让人难过。

如果不是这样特殊的经历,他完全可以过着真正简单平凡快乐的日子啊。

慢镜头里,刘德华饰演的雷泽宽定定地站在那儿,穿着完全不合身的西装,手里是黑色的手提包,纠结、伤心而无助。

最后,刘德华浑身颤抖,哭得像个孩子。

电影上映当天,四十五岁的老郭进了影院。

刘德华还没开口,老郭的眼泪哗地就流了下来。

怕影响其他人,老郭从座位上起身,绕到放映厅侧面的楼梯那里,坐在台阶上。不敢哭出声,他就咬自己的手指止住哭声,把头埋进膝盖。

电影中设置了几处故意逗笑观众的桥段,全场集体笑出声的时候,老郭在哭,因为不停地咬手指,手指肚都变了形。

他跟刘德华从来没有见过,但他觉得:"天王在社会底层是有一定的生活阅历的……他能把我十几年的风风雨雨,在一刹那间表现出来。"

电影里有一句台词,雷泽宽说:"每年我都不敢回家,我不敢看他们的眼神,怕他们看到我一个人回家他们会失望。"

老郭说自己一下子被击中了。

母爱父爱是天性,而孝顺往往是觉悟。

尽管这话很残酷,但却是事实。

播完片子之后,我在节目里引用了电影中刘德华唱的主题曲《回家的路》的歌词:

回家吧,幸福

幸福,能抱一抱父母

说一说羞涩开口的倾诉

灯火就在不远阑珊处

也就是那一刻,我决定,今年我一定多回家几次。

05

小时候,没有超市,倒是有小卖部和大集。

每次我妈赶大集都会给我买糖葫芦。

长大后,跟她说起来,我妈都会一脸愧疚地说:"当时,家里也没有多少钱,买不了什么好东西,就觉得糖葫芦还行吧。那会儿,是真穷啊。"

我妈会定期给我一些零用钱,她知道那些零用钱我会拿来买书。

尽管我当时所在的城镇里,想买几本畅销的好书,途径不是那么便捷,但仍没有阻止我对书的渴望。

我骑着自行车,去县城的新华书店,挑一本书,用袋子装好,放到书包里。

回到家之后,用香皂洗几遍手,恨不能焚香沐浴一番,才敢翻开书。

我妈虽然嘴上说不溺爱我,其实她的很多表现里,都充满了宠溺。

三四岁时,我每晚必排便。我妈怕我晚上出去上厕所冷,就在房间里铺一张报纸,我拉完,我妈再把报纸运到外面的厕所。

六七岁时,我每晚关灯后必吃苹果,我妈每天都会给我准备一个苹果,我躲在被窝里,像只小老鼠,咔嚓咔嚓,这个习惯不知道后来因为什么而终结。

十六七岁时,我住在小舅舅家,备战高考。爸妈每月来看我两次,会带来奇大无比的鲜红樱桃,让我误认为那年夏天樱桃大丰收。

十七八岁时,我妈陪我来到大学,帮我铺床单,交代我处理好同学关系,告诉我注意身体。我毛躁之余,吼了一句"好啦,我知道了",我妈默默下了我的床铺,眼睛里噙着泪。

中学时代,有一年暑假,是我和我妈特别亲密的一段时间。

我妈当时的单位离家比较远,把我一个人放在家里,吃不好饭,她也不是很放心。

后来,我妈就骑着家里的大金鹿牌自行车,驮着我,到她的单位。

因为我小时候基本上没怎么骑过自行车,所以车技很差,不能换我驮她。

现在想想那个画面也很滑稽:一个中年的妈妈,驮着自己十四五岁的儿子在上坡和下坡的道路上骑行。

妈妈的单位有一个小菜园,种着茄子黄瓜之类的蔬菜。

我们的午饭,就用一个很小的锅子煮面条,放点茄子或者黄瓜。

我跟我妈说,那时候的饭,真好吃。

我妈说,那时候的日子真难呀。

我跟我妈说,那时候的饭,真好吃。

我妈说,现在想想,也挺有趣的。

小时候,我们心里认为最厉害的人就是妈妈,她们会做很好吃的饭,会讲故事,不怕黑,什么都知道,把我们的生活打理得井井有条。

长大后方知,她们也是第一次做妈妈,我们出生的时候,她们也手足无措得不知道应该先洗尿布还是先喂奶水,她们也怕黑,也会掉眼泪。

罗曼·罗兰曾经说过：

世界上，只有一种真正的英雄主义，那就是在认清生活真相之后，依然热爱生活。

我妈肯定没有读过罗曼·罗兰，却有着天生乐观的精神。

她最喜欢做的表情，便是笑了。

微笑、大笑、毫不顾忌地哈哈大笑……

我妈身上有着胶东女人的贤惠做派，一天到晚都在忙活，不是在厨房准备饭菜，就是蹲在客厅擦地。

终于有一天，她花了二百六十块钱，报了老年大学的声乐班。

我以为她只是无聊打发时间。过年时，她拿出班里发的乐谱，唱给我听："小时候，妈妈对我讲，大海，就是我故乡……"

我说："妈，你肯定不识谱，这谱子太难了。我做了将近二十年的电台DJ了，都不识谱。"

"我怎么不会？我现在就会。"

我从百度上搜了一首流行歌曲的谱子，我妈居然能够哼出来。

但是，我妈不知道，那首歌是周杰伦的《听妈妈的话》。

06

人生似乎就是这样。

越长大，我们与父母的人生越远。

我们需要应酬需要照顾自己的小家庭，我们总是有自己的事情要做，父母们讨论的张三李四变成了一个遥远的符号，我们也会责怪父母没有防范之心，总是轻易上当，让我们放心不下。

我们与父母的生活差距越来越大。

我们需要夜生活，而父母需要早休息，父母用他们受用的老一套方法教导我们如何与领导相处，总是埋怨我们没有做到最好，而我们也总是用尽量短的话搪塞过去。

我的电视节目里，曾有一位嗓音浑浊的老人说："孤独，能把人孤独死。"

十年之前，我有一个eyou的邮箱，后来忘了密码。

里面有一封无比重要的邮件。

我至今仍后悔没有把那个邮件转发，或者干脆拷出来。

发邮件的是我妈。

邮件内容也很简单："儿子，妈妈年龄大了，学东西很慢，你要耐心教妈妈，你要对妈妈有耐心。"

那是一个假期，我回到威海老家，家里刚刚添置了一台电脑。一向走在时尚前沿的我妈一定要学会上网这门技能。

她让我教她发邮件。教了几遍，我妈还是搞不太清楚@到底跟a是什么关系，所以我丢下一句"妈你自己好好练吧"，之后扬长而去。

当天晚上，我的邮箱里就收到了那封邮件。

我们要对妈妈有耐心，就像小时候妈妈对我们有耐心一样。

前年夏天,我在济南买了一套房子,让我爸妈从威海来济南。

我之前就在电话里跟他们说,少带东西少些负担,尽量轻装上阵,大件东西可以提前快递,"又花不了多少钱"。

这也好像成了我的口头禅。

在火车站接到他们,看着他们大包小提溜的,就像两位农民工,我有点怒火中烧。

夕阳里,他们从人群中看到我,本来有些紧张或者局促的脸,突然露出了笑容。

如果他们有一张不老的脸,该有多好。

07

瀑布的水逆流而上,
蒲公英种子从远处飘回,聚成伞的模样,
太阳从西边升起,落向东方。
子弹退回枪膛,
运动员回到起跑线上,
我交回录取通知书,忘了十年寒窗。

厨房飘来饭香,
你把我卷子签好名字,
关掉电视,帮我把书包背上。

你还在我身旁。

如果悲伤
能够被看见

01

我认识一个四十岁的女孩,彤。

未婚,独立摄影师,长发飘飘,波光艳影的,身上总是带着甜甜的香气。

之所以说彤是"女孩",是因为她的状态,有点像许晴,内心住着一个长不大的小女孩,跟许晴一样长着好看的酒窝,一袭长裙随风飘扬。

也有很多女人恨恨地说,这个彤哪,一看就是小三的脸,是个狐狸精。

不过这些女人真的说错了,彤没有做过小三,她认真地谈过几场恋爱,有一段恋爱甚至到了谈婚论嫁的地步。

那个男人对她很好,有一年冬天的清晨,两个人一起走在街上。

天很冷,彤只穿了一件毛衣,手冰冷冰冷的。他突然从后面牵起了彤的手,他的手暖和得就像一个暖宝宝。

彤问他:"你手怎么这么热?"

他回彤:"傻瓜,我手不热,怎么暖你啊。"

可惜的是,那个男人跟彤提起结婚日程的时候,她睁大了眼睛,灰色的眸子后面,是一口深不见底的井。

彤可以接受暧昧,可以接受温存,可以接受恋爱。

可是一谈到结婚,只能一拍两散。

彤的父母想了各种办法劝她结婚,甚至以死相逼,在彤面前掉了无数眼泪。

我问彤:"对于婚姻,你为什么如此恐惧?"

彤说:"不想结婚,没意思。"

"可是,你想要什么?"

"我想要爱情,我想两个人面对面吃饭,我一抬头就可以看到他的笑脸,可是找不到那个他啊。"

"年龄不小了,你别挑了。"

"小新,你可真庸俗,年龄是结婚的必要条件吗?"彤反问我。

我哑口无言。

彤淡淡地说:"小新,其实我始终没法忘记八岁那年父母的争吵。"

02

彤的父母都是知识分子,两个人也非常恩爱,可是那一次吵得非常凶。

吵的理由,彤不清楚,她只记得在她心里始终文质彬彬的父亲揪住了母亲的头发,把母亲的头往墙上撞。

彤紧紧地攥着手,想冲上去制止,但奈何她的年龄太小,自己的力量太薄弱，无奈之余，她想到了离家出走。

不知道是夜里几点，母亲走进彤的卧室，一边流泪，一边抱着彤。母亲是个爱哭的女人，看了凄苦的电视剧也会哭，但那种哭只是流下眼泪，而此刻是嘤嘤地哭，肩膀一抽一抽的。

彤不知道该怎么安慰自己平时开朗的母亲，只是陪着她流眼泪，肩膀一抽一抽的。

"妈，你别走。"

那一晚，彤抱着母亲睡的。

那一年，彤八岁。

过了几天，家里好像什么事情都没发生过一样，天晴了。母亲依然眉目含情地看着父亲，父亲也笑意盈盈地望着母亲。那一瞬间，彤有一种错觉：难不成那场吵架只是自己做的噩梦？

那次吵架，在父母身上没有留下任何痕迹，却在彤的心里留下了一道伤口，一直没有痊愈，一直在疼。

彤以前听邻居小伙伴讲过父母吵架闹离婚的事，可是有几个人真正在意过别人的人生故事。至多是皱一下眉头，过上几个小时，或者几天，一切都抛之脑后。

直到事情发生在了自己身上，才会真正重视起来。

彤的身边还保留着几封爸爸妈妈恋爱时期写给彼此的书信，信封早就泛黄斑驳了，但字迹规整，就像当年单纯的感情。

自己的诞生是因为爱情，这对子女而言，是一种莫大的荣幸。

只是转念间，彤就会想起八岁那年所感受到的支离破碎和凌乱不堪。

03

前年过年，三十八岁的彤回家。母亲又与她促膝长谈，说父母年龄都大了，也活不了几年了，能不能快点结婚。

母亲的眼睛里噙着泪。

终于，彤说起了当年的往事。

"妈，我八岁那年，你和我爸为什么吵架？"

她希望从母亲那里解脱，得到救赎。

母亲的眼泪夺眶而出，肩膀一抽一抽的，那压根就是一场误会。母亲说哪家哪户没个勺子碰锅沿的，太正常了，不打不闹才不是夫妻呢。

"可是我怕。"

"怕什么啊，傻孩子，你怕也不能不结婚啊。"母亲直直地盯着她。

彤就像看不懂几何题目的学生，题干都无从理解，更遑论找到解题的步骤方法了。

"妈，你别逼我，求求你。"

彤很想在母亲面前大哭一场的，但她忍住了。

04

最近,彤要做一个摄影作品的展览,名为"如果悲伤能够被你看见"。

近几年的时间里,她拍了上万张脸,看过了无数眼泪。

在泪水还在悲伤的人脸颊上流淌时,彤飞快地按下快门。这其中,也包括彤利用延时功能给自己拍下的流泪的照片。

她说:"拍那张照片时想到了小时候一家人外在的幸福,现在失去了,就觉得很幻灭,眼泪不知不觉中就流下来了,止都止不住。"

来找她拍摄的人中,两种人是最好拍的。

第一种是不介意在她面前卸下伪装的,另一种是无论如何也不会卸下伪装的。

拍照的时候,彤通常会跟被拍摄者沟通,有时候只是一句"我觉得你没那么快乐",对方眨了眨眼睛,就哭了。

最初彤也搞不懂对方悲伤的原因,但一直保持沟通的状态。

后来,她才搞清楚,对一个人讲故事很容易,但如果讲故事的人得到了被认同或者被理解的感觉,那么他一定会止不住流泪。

流泪不只意味着痛苦和绝望,有时候也意味着被理解。

展览现场,彤固执地要了背景音乐,是民谣歌手马頔的《南山南》。

曾有人听过之后觉得这首歌太悲伤了,紧接着就会问马頔,这首歌里是不是藏着一个悲伤的故事?

马頔说,你听到这首歌的时候,它就已经和我无关了,你掉的眼泪,才是你自己知道的故事。

彤爱极了这个解释。

眼泪里藏着的，是你自己的人生。

小时候喜欢在冰面上滑冰，一个不小心就会摔得人仰马翻，可是摔倒之后，你的第一个动作并不是看看自己哪里受伤了，而是先看看周围，有没有人看到自己的丑态。

在你特别伤心和难过的时候，眼泪已经在眼眶里打转了，一个不太熟悉的人走过来问："你怎么了？"你会马上警觉起来，摇摇头说："没事。"

无法用语言表达出来的原始情感，都可以用更为原始的方式去宣泄。

比如，哭。

我们这个社会太崇尚正能量了，每个人都要表现出一副刀枪不入、岁月静好的样子。

现实生活里，无懈可击的人是非常可怕的。

为什么不能偶尔哭一哭呢？

眼泪未必代表脆弱，有时它能够带走悲伤，让一个人继续勇敢地面对人生。

哭过之后，我们还拥有坚强的自己。

彤，请你继续做那个坚强的自己，但想哭的时候也要放声哭出来。

好兄弟，
不差一碗酒

01

喜羊羊是我曾经的工作伙伴。

之所以叫他喜羊羊，是因为他胖乎乎的脸上总是挂着笑，身子也会不由自主地一颠一颠。我心里总是想，他咋这么开心呢？

他的头发带着一点自然卷，有些贴头皮，下巴上留着几缕稀疏的胡子，活脱脱一只喜羊羊来到了我身边。

我和喜羊羊因为工作而相识，有很多共同语言，便经常一起午饭，一起晚饭，一起喝茶，一起骂娘，一起讨论姑娘。

前天晚上，喜羊羊让我帮他陪客人。

我一向"卖艺不卖身"的，只是为了兄弟两肋插刀，我依然前往。

后半程，喜羊羊喝大了，冲着我的脑袋就啃了下去。

"新哥，谢谢你今晚能来。"他打了一个酒嗝。

"我谢谢你,让我早点走吧。"

但是我没有走。

我说过,好朋友就是不问对错,不管时机,只要他(她)需要,我都在。

你伤心绝望时,你觉得整个世界都与你为敌时,我会与你相守,这是朋友的本分。

在一个吃着火锅不唱歌的夜晚,喜羊羊脱口而出的一句话,让我差点把刚刚夹住的那片羊肉扔回锅里。

喜羊羊的原话是:"新哥,你知道吗?我刚认识你那会儿,一直以为你是个富二代。"

我被他整懵了,因为我们认识了六七年的时间,他从来没有跟我讨论过这个话题。

七年前,喜羊羊听他媳妇说,电台来了一个声音特别好听的DJ,叫小新,是个富二代。

喜羊羊是从台里出走的创业者,但我们之前并不认识,他只是记得一个叫小新的富二代。

没过两个月,我们居然就有了在电视节目中合作的机会。

喜羊羊跟我描述了我们的第一次见面。

新哥,你穿了一条红裤子,戴着一顶帽子,请注意,是歪着戴的,背了一个双肩包,嗯,像富二代吗?反正有点像的。

当时传得可玄乎了,富二代,不是一般的富二代,那得开着超级漂亮的豪车,住着超级豪华的别墅。

不过有一点不太像,谈完事情以后,我要开车离开,你就一直看着我把车开走。我接触过的富二代中,大多数没这么有素质。

之后,喜羊羊送我回家,目测我所在的小区应该不是富人区。

再之后,喜羊羊装作无意地问我:"新哥,你平时怎么上班啊?"

我的脑细胞沉睡了:"打车,坐公交车,绿色出行,很方便。"

经此一役,喜羊羊拍着胸脯跟他媳妇打包票,小新绝对不是富二代。

这个狡猾的男人,他猜对了。

02

我出书了,喜羊羊比谁都开心,他也转头劝我:"别老写些情啊爱的,要多写点正能量的,对社会有积极意义的!"

我说好,心想爱情就不正能量了吗?

我和喜羊羊两个人去看电影,档期不合适,只剩下了青春片。我俩将近四十岁的男人,并排坐着看了一部青春爱情片。播广告的空档,他把脸凑过来,说:"来,我们合个影。"

我说好,心想这是让我单身一辈子吗?

我开书店发起众筹,喜羊羊迅速把款打给了我。他说:"你发起的,我必须支持,就当白扔的钱。"

我嘴上说好,给了他一个大白眼,心想这家伙的言外之意就是我肯定会赔钱吗?

有人说:"小学是一个班的小学,初中是一群人的初中,高中是几个人的高中,而大学,是一个人的大学。"

歌里也在唱,越长大越孤单,越孤单越不安。

打开微信,刷朋友圈,几乎一水儿的点赞之交,到底是我们冷漠了,还是朋友们冷漠了,或是整个社会都变得冷漠了?

我们共有的困惑是,找到一个能够随时随地跟你聊天的朋友越来越难了。

年少时快意恩仇,认识得都有些草率,但很快就无话不谈。但在一次离别之后,你们没有给对方打过电话,也没有询问过对方的近况,于是你们形同路人,再也未曾相见。

女生的困惑是,在婚礼上,你邀请来你最珍惜的闺蜜为你庆祝和落泪,只是在婚礼结束后,你就渐渐失去了她们。你发现你的人生里突然多了许多需要去面对的琐事,你已经没有多余的精力去陪伴那些陪你度过美好青春的闺蜜了。

也许曾经有一个无话不谈的发小,但是终有一天,在某一个问题的认知上,你发现你们完全不是一路人,你们的价值观差了一条马里亚纳海沟,这还怎么做朋友?你本来还想沟通,但往往还没有开始,就终结在你的欲言又止里了。

从路人到朋友,需要时间去发酵,可是从朋友到路人,真的就是一瞬间。

03

朋友的意义就在于,不管何时,想起他就会觉得自己很幸运:有些人相遇已经很难得了,我却可以认识他。

我们这一生,大概会遇见两千九百万个陌生人,而真正能走进彼此心里的那几个,才是朋友。

有的朋友陪你一程,有的朋友陪你一辈子,各有其意义。

朋友,就是在漫长平淡的岁月里,听你说悄悄话的人。

我最不喜欢的是这样一类人,他们藏在你的朋友圈里,可以看到你发的任何一条动态,但是他从来没有给你点过赞,或者评论过。

你又不是地雷,藏那么深干吗?

有人说:没有宿醉过就不足以谈人生,不敢喝醉的人不足以托付终身,滴酒不沾的人不值得交。

我认为这个观点太狭隘。比如,生活中的我,就是一个滴酒不沾的人,但我总会把朋友放在心上。

好朋友,是能对你掏心掏肺的人;

好伙伴,是值得你欣赏、依靠的人;

好兄弟,真的不差那一碗酒。

对了,我真的不是富二代,甚至也无意让我的孩子成为富二代。

谢谢徐强,永远的喜羊羊。

真实的人，
一定没有那么乖

01

阿南是我的中学同学，时隔多年，我们几个老同学在济南见面，吃老家的海鲜，喝了不少酒。

阿南的脸蛋子红彤彤的，但是思路一点都不乱。

"阿南，你之前在我心里是神。"我举着酒杯跟他说。

他看了我一眼："现在不是神了吗？"

我只能嘿嘿笑。

阿南的皮肤很白，脸上有几个淡淡的小雀斑，略显局促，薄薄的嘴唇，话不算很多，喜欢穿浅色的衣服。

阿南很少笑，常常一副桀骜不驯不甚好接触的样子。

印象中的他，总是骑着一辆大金鹿牌自行车，横梁上还套着一圈深紫色的布，这倒跟他桀骜不驯的脸不很相称。

我在中学时本是学霸一枚，但阿南是你压根无法企及的神一样的存在。

老师经常提起他的名字，夸他如何刻苦努力，说他考试如何神勇，说他是个让家长和老师都非常省心的乖孩子。

"连下课时间，都在看笔记，也从来都不惹祸。"这是我们班主任的原话。

而此刻，坐在我对面的曾经的神，却给我讲述了我所不知道的当年的他和现在的他。

从小学五年级开始，阿南每晚都失眠。

那时候在学校，每天中午有一个小时的午休时间，就是趴在桌子上睡，他说他没有一天是睡着的。

那一个小时里，阿南听着教室里或轻或重的鼾声，对他来说，是实实在在的折磨。

我问他为什么失眠，为什么睡不着。

他说就是神经紧绷着，时时刻刻都在想书上的知识。越临近考试越紧张，害怕这次考不了第一。

我很是不解："第一名对你那么重要吗？"

"重要，在当时那毕竟是证明自己价值的唯一方式。我家境一般，长得又不帅，就只能学习了。而且，如果我没有考第一，我父母的脸色就很难看了。"

我问他："你干过的最坏的事情是什么？"

他想了半天都没有想出来，他从小就听话，不顽皮，甚至连随地吐痰都没有过。

我说："你这样过得太惨了，我有个想法，今天我们吃了饭之后，就从后门跑出去，我们不埋单，直接跑！"

他拧着眉毛问我："啊，这怎么能行啊？"

02

听到阿南的话，我马上想到了我的朋友宁远写的一本书——《真怕你是个乖孩子》。

我小时候也多想当个乖孩子，为了当这别人眼中的乖孩子好多次委屈了自己。大人们说，乖孩子是不能随便骂人的，乖孩子读书要认真，乖孩子不能在外面疯玩，乖孩子就是要和别的乖孩子一样……

为当好这乖孩子，我曾经是那么害怕和别人不一样，害怕到甚至为不断长高、长得比小伙伴们高的个子抱歉。可我越是想和别人一样，就越是不一样，我知道我身体里那些被我抑制住的与自由有关的因子正在疯长，正在发酵，终有一天，它们会变成一股摧毁旧我的力量。

有一天我终于不乖了，终于不再为别人的想象而活，那股力量就一下子把过去拧巴的日子搞得粉碎。

宁远的结论是："成为乖孩子的代价是：你不能再自由地做你自己。"

小时候很乖的孩子，成年之后往往会经历巨大的叛逆，这不过是人性使然。

就像心理学家武志红所说的，在我们的文化之内，有很多大家习以为常的词儿，有些我们甚至觉得很好，其中都大有问题。

比如"父母怎么做都是为了你好"，原生家庭中的"听话"。

听话，是一场代代相传的骗局。

我们这一代人，几乎都是听着"你要听话"和"你得听话"长大的，这些话通常伴随着父母的谆谆教导或略带不耐烦的脸。

朋友十岁那年，爸妈带着她和表弟一起逛街。

表弟哭着闹着非要一串糖葫芦，妈妈无奈地掏出钱买了下来。

当问起她要不要糖葫芦的时候，她顿了五秒钟，却还是摇了摇头。

于是，表弟如愿以偿地得到了酸酸甜甜的糖葫芦，而她却只得到了父母的一句："你看你姐姐多乖！"

她不是不想要，而是不敢要，怕父母失望，怕父母说自己"不听话"。

工作很久之后，哪怕她的收入水平已经可以支撑她去买一些价格相对高的东西时，她也一直保持着朴素的习惯。

她内心总有个声音在提醒她：

我不配，我不应该得到它。

旁观者可能会不解地问："凭什么？这么做傻不傻？"

但对乖孩子来说，顺从和讨好别人，已经是天经地义的事情，他们早就没有了自我，不爱自己，亦不懂得如何爱自己，并且非常容易"妄自菲薄"。

我宁愿没有人生，也不希望拥有如此的人生。

03

阿南的高考成绩是六百〇三分，可能你对此没有概念，甚至觉得这是一个不错的分数。这么说吧，我当年的分数是六百三十八分，最后去了山东大学。

阿南报了一所北京的大学，而且任性地只报了这么一个志愿，结果没有被录取。

后来，家里找了关系，他去了一所三本学校。

在那所大学，阿南的入学成绩是全校第一名。

而第一次期末考试，这一级共一百二十二个学生，阿南的排名是第九十九名。

阿南就这样晃晃悠悠地过了四年。

毕业后，阿南在青岛找了一份工作。

过了一段时间便辞职，紧接着就是长达半年的待业期。

"就是在那一段时间，我想到了自杀。"阿南害怕家人的眼神，害怕任何跟未来相关的事情。

无意中，他看到了《道德经》。

他读到了一句话——"果而勿矜，果而勿伐，果而勿骄，果而不得已，果而勿强。"

他觉得自己开窍了。也许，他从来都没有真正审视过自己到底拥有些什么，又在追求些什么。

之前的他，总是闷着头，像一头犟驴拉着磨，他不断"讨好"，却并不知道意义所在。

自己的人生不应该只是为了别人的想法而活啊，想明白了之后，阿南就再也不失眠了。

阿南说，他现在有把握治疗失眠的病人，因为"渡人先渡己"。

04

总有一些人，缺乏了自己的价值判断。

我们对自己的认可，是建立在别人的评价之上的；我们的情绪，是以别人的喜怒哀乐为基础的。

这很不公平，却已经成为根深蒂固的习惯。

我没读过《道德经》，但我非常认同佛家的一个说法——"十方丛林"。其实，人生不是只有进退，更不是只有前后两个方向。

你以为的"神"，也过着凡人一样的生活，烦恼甚至比你还要多。

我很想祝福像阿南一样的人们。

如果有下辈子，我既不希望你是个坏孩子，更不希望你是个乖孩子。

不要让孩子一味地去做大人认为正确的事，而是要让他们去做真实的人。

真实的人，一定没有那么乖。

奔走红尘，
莫忘自己是书生

01

大学毕业十二年后，小弟第三次来济南看我。

冬天的夜晚，特别清冷。

九点半，小弟发来信息："新，你在忙吗？我来济南了。"

"不忙，一会见面？"

小弟比我小三岁，是我大学本科的同班同学，因为当年在某地法院共同实习过，他一直很亲昵地称呼我为"新"。

半个小时后，小弟给我打电话，说到我小区门口了。

可是我所在的小区大到跨越了四个公交站点，任凭他说了几个地理坐标，我也没弄清楚他究竟在哪。

后来，我说，我们用微信定位，就会很方便了。

他幽幽地说："我平时不太用微信，我试试看。"

终于见到。

"小弟!"我大喊一声。

清冷的街上,竖着几盏路灯,我搂着小弟,每说一句话嘴边就会冒出一大团水汽。

一直很瘦的小弟喝了不少酒,他看着我的眼睛说:"他们还在继续喝着,我一个人跑出来的。我得见你一面。"

说完这句话,小弟就咧着嘴笑。

他身上有挺浓重的酒气,我闻起来却香喷喷的。

小弟从随手带的袋子里,掏出了我的三本书,找我签名。

"从我们县城最大的书店买的,专门带过来找你签名的。不过,我必须跟你说,你的书太贵了。"

这下轮到我咧着嘴笑了。

02

我带着小弟回家。

两个人面对面坐着,面前是一壶热乎乎的姜茶。

茶很烫,小弟照喝不误:"没事,我喜欢喝烫一点的茶,不怕。"

小弟的样子几乎没有变,还是一双剑眉,皮肤不白,额头上有一道细疤,精瘦,运动型的男人。

十四年前的秋天,我们都是山东大学法学院的学生,被安排在某地的一家法院实习。之前我们并不熟悉,后来慢慢了解后,一起聊天谈人生。

记得一天晚饭过后,我和小弟沿着法院南边的路一直走一直走,仿佛那是一条走不到尽头的路。

走了很久,看到了一条河。

河边有两个孩子,看着应该是姐弟,在河边钓鱼。

我和小弟就静静地在一边看着这对姐弟,姐弟俩看到我们,不好意思地耸耸肩,冲着我们笑了。

十四年后,小弟喝了一口姜茶,跟我说,夕阳下姐弟俩的身影,太美了,那就是他想象中的家。

小弟的性格有些内向,但是那个秋天,他跟我说了太多心里话。

"我挺独的,几乎没有朋友。"

小弟说这是他第一次跟同学说起自己的原生家庭。小弟母亲的精神有一点问题,从记事那年起,周围的孩子就对他指指点点。

很难想象,小弟的整个初中时代是没有课本的,因为家里实在太穷了。

"90年代中期,我们家里才通的电。是不是很难想象?"

小弟的表情里始终带着笑。

我也冲着他笑,笑一会,就有眼泪溢出来了。

03

我曾接触过很多漂泊他乡的年轻人,问他们理想与现实的差距。

他们大部分人说理想很丰满,现实太骨感,差距大到不忍直视,曾经的梦想和现实,根本不是一回事。

我也在广播节目里问过听友,后悔过来到大城市吗?

很多人的回复是——后悔过。

我没有问过小弟在异乡打拼有没有后悔过,我能想到一个拼命奔跑的人,哪里有空闲去思考到底值不值,到底后悔不后悔呢。

从本科时代到毕业工作,小弟挺让人心疼的。

毕业后,小弟先是在外地的社保部门工作,别的同事都是坐着,他却孤零零地站着,对每一个客户都笑脸相迎。

有一个来咨询问题的大妈拍着他的肩膀说:"小伙子,谢谢你,你的态度真好。"

小弟说,从小到大,他听了很多夸奖,可是那句夸奖,让他终生难忘。

后来,他是他们区里年龄最小的科级干部,有一个六岁的女儿,生活无忧无虑。

我本就是个书生气十足的人,在主持人的圈子里也显得另类,小弟更是如此。

几年前,我们山东大学法学院2001级本科生十周年毕业聚会。

小弟之前说他太忙了抽不开身,终究没有来。

后来,他坐在对面跟我说,当时觉得自己的大学时代挺失败的,没朋友、没长进,甚至不知道见了面之后该聊些什么,索性就不来了。

"不过看到你们发的照片,我又有点后悔了。其实,同学之情,很可贵的。所以,下次聚会,天上下刀子,我也肯定来。"

越是长大,越是遗憾曾经没有好好珍惜。而那份遗憾总是随着岁月的推移越来越深刻,"变本加厉"到难以释怀。

奔走红尘,莫忘自己是书生。

一条河最终流向何方，
没有人知道

01

有天晚上在直播过程中，一位制片人给我发了这样一条微信：

"我真佩服你这个大脑，总结能力太强了。"

我懂他的意思。

每天录节目时，我手里都有一份编导写的脚本，可是更多时候，我宁愿按照自己的观察和思考给出结论。

很难说我的总结和编导的总结到底哪个更深刻，或者更动人，只能说这是我喜欢的一种训练方式。

可是你知道吗，不管我做了多少档节目，不管多少人曾经夸过我的主持，在我内心深处，始终觉得自己是一个挺蹩脚的主持人。

也许，你很难想象我是不敢回看自己电视节目的人，这源于骨子里的不自信。

最初做主持人，父母也会无意中跟我说：你看你并非科班出身，不会唱歌也不会跳舞，学了一肚子的法律知识，这怎么可能用得上啊。

的确如此，当看到周围的主持人在节目中"文能背《报菜名》，武能托马斯旋转"，我有的只能是深深的自卑。

02

每个人的人生中，都会有困境。

我从事主持人行业多年后，曾遇见过一个领导，他面对面跟我说：你的年纪大了，未必适合主持了。中国人还是更喜欢看年轻的主持人。

我坐在他对面的沙发上，垂着头，看着自己的两只脚。

脚趾头蜷缩着，透露着一种垂头丧气的落寞，仿佛那一刻连自己的脚趾头都有罪。

那一年，我三十五岁。

那是我第一次对自己的职业有犹疑，我一直都知道主持人是一个非常被动的职业，我也深知总有一天我要离开主持台，但那一次，我真的感到深深的无力。

前一天，我还在不同的场合跟大家分享我的主持经验和技巧，后一天，我就成了要被放弃的"棋子"。

我身边的很多主持人都曾经被年龄困扰过。

年龄渐长，可以被选择的节目越来越少，慢慢被边缘化，后来深感自己一文不值。

或许，这与长久以来播音员主持人的选拔机制有关系，我也曾经被不同的电视台邀请去选拔主持人，往往我们关心的是脸蛋好不好看，身材够不够标准。

我们都忽略了，主持人最重要的能力，是把话说到人的心里去。

几年以后，我看到崔永元书里的一段文字，这也是他观察和思考的总结。

在BBC、CNN、NHK这些地方遇到的那些主持人，虽然头发花白，但是他们眼中的光会让你从心底感到温暖。

你相信的不是他们的年纪，而是他们在岁月温润里选择的真。

03

在我的职业生涯中，出现过多次"救场"，后来导播们习惯说的一句话就是：只要小新在就不用担心了。

我并非科班出身，如果你看了镜头下的我，一定会失望的：

头发趴成了一坨，身上永远都是黑白灰三种颜色，眼神里没有光，嘴拙得总让人觉得有些"高冷"。

特别是冬天，我穿着一件硕大的黑色羽绒服，很多同事压根就认不出我，每每我开口讲话，对方会瞪大了眼睛，语气里写满了抱歉："不好意思新哥，刚没认出你来。"

我耸耸肩，心想，我还真的很享受舞台上飞扬、舞台下黯淡的人生。

刚做主持人那会儿，总觉得自己就是舞台的中心，恨不能出门买菜，别人都能围在你身边找你签名。

而现在完全不这么想了。

主持人永远都在穿针引线，而不是挤眉弄眼耍聪明。让其他人在舞台上有光彩，这是主持人的使命。

让你的嘉宾在舞台上放松，愿意跟你讲话，而且是掏心窝子的话,这是一个好主持人应该做到的。

有人拿央视的一位著名主持人举例子,他对普通百姓满是微笑、充满善意;对权贵大腕却极尽调侃、绵里藏针。

是的,这才是真正的"大腕"。

04

最近几年经常被人拉去做艺考评委老师,每次都异常忐忑,生怕某一个好苗子因为自己所打的分数过低而遗憾出局。

有时我也会疑惑,我们目前所使用的考核方式(自备稿件、模拟主持加才艺)真的是挑选主持人最有效的方式吗?

如果一个考生的自备稿件和模拟主持都是优秀的,却没有才艺,那么他(她)的分数一定不会很高,可是未来的他(她)就真的无法成为一个足够优秀的主持人了吗?

给我留下印象最深的是两个男孩。

男孩甲,一米七左右的身高,长相很一般,但一开口就能感觉到他声音里的温润,不管是自备稿件还是模拟主持,都有模有样,才艺表演环节他唱了一首林宥嘉的《残酷月光》,过程中没有一个评委老师舍得喊停。

中途休息时,旁边的评委老师说了一句:"终于见到一个会唱歌的学生了。"

遗憾的是,那所学校本年度只能从山东招收五个学生,以他的条件是肯定无法录取的。

规定所限,我没有办法跟他有私下的交流,但我很想告诉他,我就是一个身高一米七、长相也很一般的人,兜兜转转最后也做成了主持人,所以不要怕这一次的失败。

还有一个男孩乙,可以用"气宇轩昂"四个字来形容他,虽然他还只是一个十七岁的小少年。

到了模拟主持的环节,他磕磕绊绊,简直很难完整地表达一个句子。

我身边的评委老师不想放过任何一个好苗子,怕他紧张,说了句:"放松,不要紧张……"

可是小少年依然嘴巴里拌着蒜,帅气的一张脸因为紧张而扭曲着。

事后,我跟其他评委老师做交流:"以小少年的气质,可以做一个合格的主播,毕竟,现代社会里有'提词器'的存在。"

没想到,那个评委老师却说:

"可是小新老师,哪怕他做了主播,也注定走不远。决定一个主播能否走得更远更坚定的,永远都不是一张脸,而是你读过的书和理解过的人生。"

一条河,从我们的脚下出发,最终流向何方,没有人知道。

05

知乎上曾有人提问:"你见过最不求上进的人是什么样子?"

点赞最高的答案,很是扎心。

"我见过最不求上进的人,他们为现状焦虑,又没有毅力和决心去改变自己。凡事三分钟热度,时常憎恶自己的不争气,坚持最多的事情就是坚持不下去。他们以最普通的身份埋没在人群中,却过着最最煎熬的日子。"

这短短几行字所描述的,也许正是你的生活状态。

焦虑却也无力,不甘却又煎熬。

我曾跟很多不同的人聊过天,其中不乏一些优秀卓越的人,聊到深处时,对方往往会说这样一句话:曾经的我,是一个很自卑的人。

其实,我也曾经因为自己的身高长相而自卑,因为自己不够标准的普通话而自卑,因为自己没有歌舞才艺而自卑。

我是双眼皮,可我觉得单眼皮才是好看的;我的皮肤算是白皙,可我觉得小麦肤色才是有魅力的;我的声音是低沉的,可我觉得清亮的声音才是好听的……

好在,后来因为太多人的宽容和鼓励,那些自卑已经变成了身后深深浅浅的脚印了。

有一个方法,是战胜自卑的有效途径,那就是读书。

不管你的梦想是做一个开口讲话的主持人,还是一个用脚跳舞的艺术家,永远不要忘了你当时为什么要读书。

读书是为了过得更好,是为了理想,是为了看到更大的世界。

对我而言,是永远不要忘了当时为什么要成为一个媒体人。

做媒体,是为了心里的一束光,是为了抵达真相,是为了让这个世界变得更清晰更善良。

CHAPTER FIVE
认真你就输了，
可我还是愿意做一个认真的人

难免绝望，难免失落，难免怀疑自己，甚至自甘堕落。
但那只是一瞬间，纷繁浮躁的世界里，我愿意做一个认真的人。

没有钱，
一切都是白搭

01

我要端给你一碗毒鸡汤。

昨天晚上，我的微信公众号"小新的未央歌"后台收到这样一条留言：

穿梭在城市的人群中，看着身边所有的人都是行色匆匆，自己也不敢放慢脚步，有时候总想着为自己活，却避免不了活成别人嘴里的样子。

有时，也忘记了累是什么感觉，只是觉得心生疼生疼的。有个爱你的人在身边，哭才变得有意义，只是现在，我还需要戴好面具。

加油吧，年轻人。

没有钱，谈什么都白搭。

看到这条留言,我突然就想到了王尔德的那段话。

他说:"我年轻的时候,以为金钱是世界上最重要的东西,等我老了才知道,真是这样。"

是呀,没有钱,谈什么都白搭,比如,谈理想,谈情怀,甚至谈恋爱。

你也这么想吧?

我最早有钱的概念,应该是在小学二年级。

就在那一年,我赚了人生中的第一笔钱。

赚钱的方式是扒虾,注意,可不是扒瞎。每年胶东海边的农村都会有不同年龄的女性,来到虾厂,把虾扒成虾仁。

我忘记了是怎么知道这个赚钱信息的,又是怎样想的,总之,我出现在了那家虾厂,混在一群中老年妇女中间。

我父母压根就不知道。

中年妇女们都深谙此道,而且戴着手套,也有相关的工具,我就是一双小嫩手。

我的内心永远都涌动着一股不服输的精神,最后就擎着一双烂糊糊的小手和一张上面写着"13.7元"的领款单回到了家。

后来,拖了一段时间,也没用那个领款单领钱,最后权当作纪念了。

02

熟悉我的读者和听友都知道,我是从大三下学期开始做电台主持人的,一直到我硕士研究生毕业。

一边工作一边上课。因为要赶晚上七点的直播,甚至等不到上完最后一节课,有些班级活动也因此缺席了。

有的老师睁一只眼闭一只眼不置可否，有的老师表示抗议，学生嘛，上课自然是最重要的。正在我也纠结的时候，我收到了柳忠卫老师给我回的一封邮件。

当时，我们需要交一份《刑法分论》的作业，于是，我发了自己的论文过去。

柳老师回复的邮件说：

小新：

一直觉得你一心两用，甚至可能没有把心思放在功课上。

但是看了你的作业，觉得你是很用心的孩子。我们求学的目的，其实是为了找一份稳定的工作，而现在如果你喜欢这份工作，就不妨做下去。

只要无愧我心，那就是收获。

这封信，对当时依然幼稚和战战兢兢的我而言，是一份难得的鼓励，而且我当时也的确非常勤奋，至少在功课上，我是非常认真对待的。

更重要的是，我也赚到了钱。

准确地说，从大学三年级的下学期开始，我就再也没有伸手跟家里要过钱了。

十几年前，我坐着最后一班公交车回学校，大概四十分钟的车程，我经常在公交车上睡着。

十几年后的现在，我做着日播的电台节目和电视节目，还有不同活动的主持，去年又签了长达五六年的写作长约，手头还有杂志和报纸的专栏。

当所有人都以为我过得风生水起时，其实，只有我自己知道，我只是一个人走了一段又一段艰难的路。

03

有人问我，你累吗？

我累，可是我依然很珍惜每一个工作机会。

因为，我们每一个人，都会有一种患得患失的感觉：这些真的属于我吗？我会不会失去？

是的，在这个世界上，貌似也只有钱，最听话。

李敖曾经讲过一个故事：砸过缸的司马光，除了编撰了《资治通鉴》，还是北宋著名的政治家。

经常有人到府上拜访，司马光跟人聊天时，最常问的问题居然是——你家有钱吗？

被问的人都很奇怪：司马光这么了不起的国之大臣，怎么会关心我有没有钱这种小问题？

谈钱多伤感情，而且这个问题多少有些尴尬或使人难堪。

后来一打听，才知道了原因。

司马光说：你这个人没钱，就不能维持你的生活，就不得不为五斗米折腰；你这个人有钱，你才会有独立的人格，这个官你随时可以不做，为了自己的原则不做。

钱不仅能使你不致饿死，还可以保护你的自由。

你舍得给父母买一件上档次的衣服吗？

当朋友打电话跟你借钱时，你会毫不犹豫地借给他（她）吗？

参加社交，你愿意做那个抢着埋单的人吗？

一个人面对金钱的反应，很真实，真实到残酷，这才叫真情流露和无处躲藏。

就连曾经最纯粹的、不掺杂质的爱情，当下也是无比现实地跟钱扯上了关系。

自称小仙女的女孩们，很可能会因为一场爱情而堕入凡尘。

原来冬天的暖气费是好大一笔钱，原来柴米油盐那么贵，原来洗碗水是冰凉的，原来公交出行是因为舍不得打车。

原来在校园里很爱很爱的两个人，真的会因为钱而分道扬镳，而背信弃义，而再也不相见。

04

曾经有一个视频刷爆了网络。

在街头，一位妈妈狠心地将女儿推倒，然后又踹了一脚。

小女孩趴在地上哭喊，母亲也在旁边失声大哭。

网上顿时传言四起，有人说，是因为孩子生病了，母亲无钱医治，加上小孩哭闹，母亲情绪崩溃；有人说，母亲是在找老公，没找到，便把怒火发泄到小孩的头上……

后来，真相大白。

三十六岁的阿黄是一位单亲妈妈，兜里揣着仅剩的十几块钱，带着两岁的小女儿到劳务市场求职。

没有技术，还带着一个孩子，没有单位录用她。

正在走投无路的时候，女儿嚷着要吃烤肠。

阿黄便从最后的一点钱里，掏出了两块钱。

买到烤肠后，女儿觉得太烫，吃了一口便吐掉了。

看到这一幕，愤怒的母亲再也压抑不住情绪，一把推倒了女儿。

那天的气温将近四十度，地面滚烫，围观人群便你一言我一语地指责母亲狠心。

情绪崩溃的阿黄便与周围的人对骂起来,把围观者都当成了敌人。

贫穷,可以轻易地把人逼迫到失去理智。

朋友给我讲过一个故事。

前年的冬天特别冷,气温降到了零下十五度。

朋友的第一反应是给奶奶打电话,让奶奶开空调,她太熟悉自己的奶奶了,那是一个在心里永远有别人而没有自己的老太太。奶奶最喜欢说的话就是,"我都快入土的人了,怎么过都是过。"

果然,奶奶在电话里说:"不冷不冷,不用不用,乖孙女,你买的空调我也用不习惯。"

朋友气急败坏地说:"奶奶,你开吧,开一个月能有多少电费?别不舍得,我现在一天能赚你两个月的空调费。"

奶奶在电话里突然笑了,说:"好好好,我乖孙女有出息,我马上开,但是你赚钱发财也得注意身体,不要熬夜啊。"

朋友挂了电话,呆呆地站着,想了好一会儿。

钱不是万能的,但没有钱是万万不能的。

要回答这些问题，
可真难

01

有一年母亲节的特别企划，我的电视节目征集了观众亲吻自己母亲的镜头，而且还讲了一些故事。

同事说："新哥，请你妈妈拍一段，讲讲你们之间的故事呗。"

我说："哦。"

过了十分钟左右，我还是没忍住，反驳了一句："我妈发给我，我转发给你，让我在节目中装作不知情然后喜极而泣？"

对不起，我可做不到。

"反正你们主持人都是演员。"他幽幽地跟我说，眼神里满是讪讪的笑意。

我说："拜托，有些主持人是演员，我可不是，我更不会演戏。"

他摊摊手："新哥，怪不得你红不了。"

我在自己主持的节目里曾经讲过这样一件事。

有一个三十二岁的年轻人,全副武装地跑到某大学的女生宿舍楼,偷来女学生的内衣,凑在鼻子上闻。

我记得大二下学期上《刑法分论》的时候,老师讲到监狱里的犯人也分三六九等。一等公民是经济犯罪的,入狱前就有社会地位,还赚得了大钱;二等公民是杀人犯,毕竟是敢动刀子的人;最末等公民就是强奸犯,连个发生合理性关系的女人都找不着,还要去强迫,这实在太没面子了。

片子中,民警不无鄙夷地问:"你偷来内裤后干吗了?"

镜头里年轻人的头恨不能垂到了肚子上:"闻了闻。"

"你结婚了吗?"

年轻人回答:"结了。"

我从耳机里听到导播间传来了一阵哄笑,不时还有啧啧的声音。

那声音不大,却充满了不屑。

我不知道该如何恰当地点评,我不想让那个小伙子在看了我的点评之后,头更加抬不起来。

我只能略显笨拙地在节目里说:"发生了这种事,很多女性朋友会觉得很恶心,很厌恶,甚至怕自己受到性侵害,但我必须要告诉你,当事人往往不会实施进一步的加害行为,他可能只是有心理疾病而已。"

下了直播,在回家的路上,我反复在想的是,那也未必是一种病吧,尽管大部分女性都会恨死有这种特殊癖好的男人。

02

有一部电影叫《白蚁:欲望谜网》。

电影名为《白蚁》，主角叫"白以德"，有一点白蚁无德的意思。

男主角是吴慷仁饰演的白以德，的确有些无德，他对女性内衣裤有执念，在恋物癖作祟之下，他会到别人家的阳台上偷窃内衣裤，然后穿上身。

偷窃本身是违法的，偷窃异性内衣裤还要穿上身，就背负了更多的道德和情绪审判。

有些人觉得，这种"变态"，活着只会害人，别无意义。

持这种观点的有男有女，他们恨不能对这种人实施"化学阉割"。

人道主义者的观点刚好相反。他们认为，对恋物癖者来说，只要他们不打扰别人的正常生活，社会就应该给他们预留出足够的生存空间。

导演朱贤哲有一段话：

> 这世界上的每一个人，都应该让他有长成一朵花的自由，他要长成很奇怪、很丑的花也没关系，这是他的生存权利，只要不侵扰到别人，我们就不太有权力去干扰人家的成长与他最后的状态。
>
> 恋物癖者只要不偷窃，要怎么样是他的自由，高兴就好。

电影里，追溯白以德的恋物癖，少不了对家庭的描写。

男孩意外目睹单亲的母亲与他人欢爱，对母亲产生的依恋幻灭，情感与欲望进而转移到了母亲与其他女性的贴身衣物上。

后半段，女主角意外发现了白以德的"变态"行为并偷拍下了整个过程，恨不得他被车撞死。

结果，白以德真的被车撞死了。

带着他整个人生里的最后一句话："为什么你们什么事都可以重来？"

他的语气里,充满了恍惚、不解与失望。

如果,"白以德"就出现在你的身边,就是你的家人,你会怎么做,又会怎么想?

我周围有很多主持人,遇到类似的新闻选题,在节目里拍桌子,咬牙切齿,横眉冷对,甚至对"白以德"有着恶毒的诅咒。

而我对此事,极少做出情绪性的评价。

有人曾经善意地提醒我,都什么年代了,看新闻节目的都是老年人了,说点他们愿意听的情绪就好,讲什么道理,普及什么观点,就直接开骂,骂爽了,观众也就爽了。

我不以为然。

我给自己的定位是"村里来的一个大学生",我依然做着自己认为更公允的电视评论,边界之内的是常识,边界之外的是见识。我希望自己能够在常识之外,带给受众更多的见识。

也许暂时有一部分老年观众会不理解这种评价的初衷,但也许过了两三年,那位曾经不解的大叔或大妈会一拍大腿,吼一句:

当年小新那小子说得真对!

03

前年,我所在的电视节目播了一条新闻,一个乞丐,男,二十五岁,在大学附近的路上跪下来,不时向过往行人磕头。

他说,他本来能找到一份儿正经工作,悲催的是,三年前自己出了车祸,由此失去了一切。

我们的记者很"贼",先是跟乞丐说送他去救助站,他自然拒绝了,之后就拍到了在夜深人静时,那乞丐张望着见四下无人,居然晃晃悠悠地站了起来,跑到一个墙角,换了一身干净的衣服。

紧接着,就健步如飞了。

跑到商店里买了两瓶啤酒,又买了一盒二十块钱的玉溪烟,到地摊上点了俩菜。

欺骗良善,亵渎爱心,让爱心和诚信慢慢缺失,这伙骗子太可恨了,这是我们所有人几乎共有的认知。

可我还是补上了这样一段评论:

每个人都有选择自己生活的权利,我们现在的社会有着很强的包容性。我只比这个小兄弟大四五岁,没有资格为你来指点江山。

可是,我们一直在说以梦为马,这个梦一定是美梦成真而不是黄粱一梦。但,我依然希望你能幸福。

后来有一个观众给我写了一封很长的信,他说:"小新,你的主持风格,跟很多主持人都不一样,我觉得你是一个好人,而不是看热闹,或者在围观。"

这些年来,主持过不同类型的节目,受到过不同人的褒奖,这是我最珍视的一次夸赞。

04

在网上曾经流传过一个段子,可我觉得这一定不是单纯的杜撰。

一位六十多岁的老太太接到了一个诈骗电话,对方谎称是她儿子,但老太太的儿子在两年前因为一场车祸去世了。

可那骗子的声音和她儿子着实太像,老太太舍不得挂断。

骗子说得口干舌燥,发现骗不了老太太,老太太便把真相都说了,她请求对方再说最后一句话。

那个骗子思考片刻,带着哭腔说了一句:"妈,保重啊。"

之后,骗子挂断了电话。

该怎么评价这个骗子?这是个善良的骗子,还是说这是个暂时犯了错的好人?

人性只能解释,而无法评论,有时,解释也是一种冒犯。

在很多人的眼中,电视台是一个巨大的名利场,所以我私下里经常会被问一个很尴尬的问题:你们主持人有没有遇到过潜规则?

"你知道的,我一个将近四十岁的大叔,很难会有人对我下黑手。"

"那你年轻的时候呢?有没有女领导提出……呵呵,你懂的……"

"没有啊,反正我没遇到过。"

"那肯定是因为你还不够帅。"对方悻悻的样子,我懒得理他了。

我的一位主播朋友,居然也曾经被"黑"与某领导有一套。

传言到了我这里,我恶狠狠地跟对方说,如果下次再被我听到有人传这样的话,我就撕烂他的嘴。

苍蝇不叮无缝的蛋,在造谣者那里,这句话是最佳的通行证。

善良的人们总能为善良找出无数理由,邪恶的人们也总能为邪恶找出无数理由。

真正的善良，不过就是感同身受，就是对他人痛苦的想象力。

就算这个世界不会对你好，但你要相信，善良会。这样的善良，也可能出自一个你并不喜欢的人。

05

我想起中央电视台的一个寻人节目《等着我》。

有一个女孩子想通过节目寻找一张脸。

几个月前，从大连到上海的飞机上，她遇见了一个翩翩美少年。可是少女怀羞，所以，两个人之间没有任何言语上的交流。

帅哥在女孩心里扎下了根，而且种子已经发芽冒出了土，向着太阳生长。

回到大连后，两个月的时间里，女孩想了很多办法寻找，但终未果。她终于走上了寻人的舞台。其实这个舞台更多的是寻找被拐的孩子，所以她多少显得有些另类。

大门徐徐打开——穿着淡粉色衬衫的美少年出现了，我并没有觉得他有多么帅或者多么迷人。

我们这些局外人想欣慰地松一口气，啊，翩翩美少年出现了，甚至想替女孩子企盼一份好姻缘。

只是那个翩翩美少年却亮出了自己的身份，已婚，有妻有女。

女孩子先是尴尬地笑，之后，潸然泪下，本来说话有条理有思路，瞬间变得语无伦次。她抑制不住地跟美少年牵手拥抱，紧紧地握着对方的手不肯放开。

放开或者不放开，最终能怎么样？

不过是向左走，向右走，各自走下舞台，重新堕入自己的滚滚红尘。

有太多人窃窃私语,这姑娘太不值了呀,以后怎么找男朋友,这段影像会成为很多人指指点点的借口呀。

要有多么强大的内心,才能忘却那十几分钟的尴尬与冒失。

值吗?我认为值。

在我和她的人生地图里,我们说值就值。

06

丰子恺曾经写到过文学大家夏丏尊先生。

凡熟识夏先生的人,没有一个不晓得夏先生是多忧善愁的人。

他看见世间一切不快、不安、不真、不善、不美的状况,都要皱眉、叹气。朋友中有人病了,夏先生就皱着眉头替他担忧;有人失业了,夏先生又皱着眉头替他着急;有人吵架了,有人吃醉了,甚至朋友的太太将要生产了,小孩子跌跤了——夏先生都要皱着眉头替他们忧愁。

学校的问题,公司的问题,别人当着例行公事处理,夏先生却当作自家的问题,真心地担忧。

国家的事,世界的事,别人当作历史小说看的,在夏先生那都是切身的问题,真心地忧愁、皱眉、叹气。

这些为他人忧心的善念,以至于夏丏尊先生在翻译《爱的教育》时,一边翻译一边流眼泪。

什么是善良?

善良就是不在穷人面前炫富,不在失恋的人面前秀恩爱,不会兜售施舍给别人的体谅，不会因为你的一个问题而让别人窘迫脸红。

其实，善良，永远都在细节里。

希望在经受人事磨难，在岁月蹉跎之后，我们都还拥有善良这个能力。

你只管善良，其他自有老天安排。

人因何相爱，又因何而恨意丛生？

这个问题很难回答，因为这个世界或许没有童话中那么美好，但也绝对不像有些人说的那么糟。

每一个窗口里，都是百态，都是故事，都是喜怒哀乐，都有各自的不得已。

只是当我跟周围的人说这些的时候，他们会用奇怪的眼神看看我，问我：有病啊？干吗想这么多？

减肥，
是很励志的瘾

~~~~

01

昨晚下了直播，同事L给我发了条微信："小新哥，我想偷偷跟你说件事。"

跟L认识好多年了，她曾经是我节目的编导，比我大一两岁的样子，却总叫我"小新哥"。

"第一，稍微减肥；第二，穿格子衬衣显胖。"

"吓坏我了，我以为你怀我孩子了。"我故意调侃，但是马上严肃起来——"我今晚开始减。"

"不许生气哈。"

"我从今晚开始减肥。"

"减肥"这两个字，是我成为主持人之后，经常主动完成和被动完成的任务，很辛苦。

白开水煮的鸡胸肉像泡湿后的纸箱子一样难啃，超高强度的减脂操跳上五分钟就感觉炸裂般的酸痛。

我不希望自己是特型主持人，所以只能逼自己减肥。

有人说，你的脸小，所以还好，看不出来。只是现在16∶9的宽屏电视，害惨了主持人。

最惨的是，有一次，我的前任领导看到我之后，笑眯眯地说了一句杀人于无形的话："小新，你这么胖还能上镜吗？"

当然，也不排除他这么说的目的，是报我抛弃他之仇。

饥荒来临时，胖子有更大的存活概率和生存优势。

在三国两晋南北朝数百年的战乱中，相较于瘦人基因，胖人基因更容易得到保存和流传。因此到了唐朝，胖人基因所占比例要更高，人们更容易长胖。

只可惜，我们身边的胖胖们去游泳，总会招致别人的冷嘲热讽。

胖胖说："每一次我去跳水，场面就像投入一颗原子弹一样壮观。其实我不过是想通过跳水展现我的勇气和胆量，为什么大家都唯恐躲避不及，难道我不帅吗？"

每次回威海老家，吃饭的时候，看着一桌子美味，口水一直在流，我妈却冷静地说："你必须要保持身材，少吃一点。"

我妈还会经常在微信上给我发一些《减肥就是续命，不看会后悔》《减肥，没你想象中那么难》之类的文章。

我认识一个女主持人兼领导，她很瘦，她曾经冷冷地说，连自己身材都无法控制的人，我不觉得他能做好工作。

我竟然无力反驳。

02

关于减肥,我倒想说说我的一个同事大庄,他是我在减肥方面的偶像。

我俩曾经在同一家电视频道和同一家电台频道做着不同的节目,我俩都是水瓶座。

他一度是个两百多斤的大胖子,我虽然并不能归入到胖子的行列,但由于有上镜需求,"减肥"便成为我们两个人多次共同讨论过的话题。

他的声音是天然的金属声,经常要录很多广告。

"压根就没有时间运动,老得坐着配音啊录音啊做节目啊什么的。"他一脸真诚地跟我诉苦。

"我也是。总有人说去健身房锻炼,哪里有时间啊?"我作小鸡啄米状。

没时间,或者也没养成锻炼的习惯,这是我们共同的理由,也是借口。

再后来,见到他,果然脸瘦了一大圈,身型也格外标准。直到我俩站在一起主持晚会,他穿着一身藏青色的西装,标致极了。

他说:"新哥,你摸摸我的八块腹肌。"

哟喂，果然，八块腹肌棱角分明，似乎在替主人炫耀。

我不禁自惭形秽。

有一次见到大庄的爱人，她冲着我咆哮："我跟他说不用减了不用减了，可他还是坚持减肥……"

减肥和健身这事，都上瘾，但它们是很励志的瘾。

"特别有成就感吧？"我悻悻地问大庄。

"也还行，刚开始会很有成就感，现在就是一种习惯。"

问他方法，大抵还是管住嘴，迈开腿，关键还是能坚持。

不过他也有遗憾，以前的裤子都没法穿了，以前的衬衫可以当大褂了。

可以偷着乐的遗憾。我更加清楚的一点是，让人日益强悍的未必是肌肉，而是日复一日的坚持。

在所有的道别里，
我最喜欢明天见

01

我们一直都在微信朋友圈里约饭局——"改天聚聚啊""有时间一起饭一个"。

对方的答复也一直都是"好啊""嗯呐嗯呐"。

可是，"改天"永远都是遥遥无期。

终于，有一次跟三个好朋友约成了。一番大吃大喝之后，我们都很满足，就说下周大家还要一起吃吃喝喝。

我说："要么定下个周一？"

编辑朋友说："不行啊，我下个周一要签版。"

我说："那周二晚上？"

主持人朋友说："我晚上得八点才下直播呢，周三怎样？"

广告界的同仁说："我周三已经约了一个客户了。"

……

于是，想见面的心情，越来越淡了。

所以当别人约我的时候，我也理所当然地拒绝——我在忙啊。

我心里知道，其实，我没有那么忙。

只是，我在懵懵懂懂中悟出了一个结论：我们之间不可能再有故事了。

而故事是交往中很重要的连接因素。

故事一定是发生在某个特殊的环境和地点里，人没有变，环境和地点变了，故事也就不存在了。

02

我有一个名为"傻子群"的四个男人的群，这对我的人生来说是一个豪华的配置。

因为在我们的人生里，很难有那么几个朋友，彼此平等，说话自由随意而散漫。很荣幸，我身边有这样一群人。

春雷兄在群里说："我觉得自己陷入一个怪圈里了，跟什么人打电话、见面、吃饭，都在想着对方能给我的工作带来什么，好像每个人的脸上都写着项目名称、项目规模以及项目能够带来的利润。"

我固然知道这是工作压力。

他说，看到朋友打电话过来，一看名字，如果只是想单纯寒暄聊天的，他甚至会拒接。

春雷兄感叹："以前我们的关系多单纯啊，我怎么成了这个样子了，这个势利的人是我吗？"

"昨天那谁又打电话过来，我认真地跟他好好寒暄了一次。"

我们每天都在选择，跟什么样的朋友见面，跟什么样的朋友约会，替什么样的朋友解决问题，又把什么样的朋友的请求当成耳边风。

凡事过分权衡利弊，计算得失，事情发展到最后，可能会令我们大跌眼镜。

可能要到许多年以后，我们才会懂得这样一个道理，交朋友不是有用，而应该是有趣。

03

我喜欢那些力气未必很大，可是散发着光芒的人。

他们的存在，让我们在遭受了一万次的冷眼之后，还能让受伤的心接收到阳光；让我们在一万次的跌倒之后，还能够迅速起身奔跑。

几年前认识了亚宁兄，他曾经效力于男排国家队，住在济南的最东边。

最初相识是我们互相加了微博，一起去酒吧喝酒，我一向厌烦吵闹和嘈杂的环境，但偶尔也会迁就别人的任性。

之后，他就请我主持他的婚礼。

那段时间他晚上训练完，总会跟我发微信。

有一天晚上九点零七分，他给我发的消息是："我要有碗汤喝，就把汤里面的米给新哥你留着。"

我回的是"太他妈煽情了"，可心里却是温热的。

总有一天，我们会和老朋友分道扬镳，换一个城市生活、结婚、工作，于是，我们渐行渐远，难再相见。

再见面时，无非是打哈哈，聊些谈过无数次的往事，调侃一下共同圈子里那个不着调的人，或者说些无聊的八卦。

后来，大家总是缺席聚会，总能说出很多充分而无奈的理由，让朋友失望扫兴，可有时候那些理由不是借口，而是实在的原因。

慢慢地,大家得出一个结论:老朋友相见不如怀念。

时间,是一道夯实的墙。

墙外的人看不到墙内人的春色满园,墙内的人也看不到外面的冰天雪地。

04

席慕蓉在《小红门》中写过:"这个世界上有很多事情,你以为明天一定可以再继续做的;有很多人,你以为明天一定可以再见到面的,于是你暂时放下或暂时转过身。"

我看到很多人在文章中写道:改天到底是哪天?下次到底是哪一次?

我倒觉得很多时候,说出"改天"和"下次",就是一种委婉的拒绝。

毕竟,我们更愿意把时间花费在某几个固定的人身上——他们可能是经过了好多年依然没有丢掉彼此的朋友,也可能是新近认识的有共同话题的人,也可能是你的至亲。

对他们而言,"改天"就是今天,"下次"就是这一次。

在所有的道别里,我最喜欢明天见。

听
我姨讲故事

01

我喜欢听我姨讲故事,她的声音里有一种特殊的温柔。

我姨说她从四岁多一点就开始有记忆了。

当时印象最深的一件事情是姥姥给我妈断奶,我妈比我姨小两岁。

姥姥在乳头上抹辣椒,我妈吃奶的时候就开始哭,可是下一次又要吃,慢慢地,看到姥姥的乳头,我妈就开始哭。

02

那时候,家家户户都穷,只是有些穷在面上,有些穷在里子。

姥姥每天到地里,刨别人刨了好几遍的地,看看有没有别人刨剩下来的花生。

刨一天,如果运气好,就能刨回来一小捧花生,回来就烧给我妈吃。

那每天一捧的花生，就是我妈断奶时候吃的饭。

之后的生活就更苦了。

姥姥每天会给我妈做一个很小的玉米面和地瓜面的小饼子，可是我妈只知道要个儿大的，个儿大的事实上是草面做的，用地瓜叶磨成的面做的。

我姨心知肚明，就想吃小饼子，可是姥姥不给。

姥姥和我的几个舅舅在碾子上碾地瓜蔓、花生蔓、玉米芯，碾完后用筛子筛，做成窝头，特别难吃。

小舅舅就是因为吃了玉米芯做的窝头排不出便来，后来找了村里的赤脚医生，用打气筒加肥皂给灌好了。

03

五岁那年，我姨得了一场大病，到底是什么病，她到现在也不知道，就知道不能吃饭不能走路，一天二十四小时总是在炕上躺着。

也不知道是谁给了一个苹果，就挂在旧窗子旁边，我姨天天看着也不吃。

那次得病应该是在秋天，当时晚上我姨跟着我姥爷睡。

过年了，大年初二，我姨的表哥表弟们都来家里磕头。那天晚上，姥爷叫我姨下去磕头，他说磕个头就好了，可是我姨的腿完全站不住。

睡觉的时候，姥爷一直在叹气。我姨把手放在姥爷的脸上，抹一把，全是泪。

第二年春天，姥爷找了邻村的一个赤脚医生给我姨看的病，花了二十七还是二十八块钱。

我妈和我三舅舅两个人照顾我姨，两个人一边一个扶着她。

结果，我姨的病，没过多久就痊愈了。

我姨稍大一点的时候，四个舅舅跟着我姥姥出去挖野菜，我姨和我妈守在家里。

有时候，我姨和我妈在外面玩，我姥姥就把门锁上。到了傍晚，她们两个小毛头就睡在门前一块大石头旁边，等着我姥姥回家。

有一次，又是我姨和我妈在家里，听到咚咚的声音，吓坏了，她们以为那是鬼。

两个人吓得大气儿不敢喘。

后来才整明白，那是风吹得门闩响。

04

七岁那年，我姨上了小学。

结果有一天上学路上，她把手腕上的手镯弄丢了，后来姥姥就不让她上学了。

等到第二年，我姨八岁的时候，又继续上了一年级。

我姨一边上学，一边跟着姥姥学绣花。有一次，我姨帮姥姥用很大的陶瓷盆洗菜，等我姨洗完要倒水的时候，一不小心把盆整个扔在了地上。

那个陶瓷盆，碎成了两半。

我姨一个劲儿地哭，因为当时家里总共只有两个大盆。

一开始，姥姥一声不吭，看着我姨哭。后来，姥姥说："我没打你没骂你也没说你一句，你干吗哭啊？"

姥姥这么一说，我姨哭得更大声了。

05

我姨说,把这些事说给现在的孩子听,他们肯定不相信。
我姨看着趴在床边玩Ipad的小孙子,笑了。

木心说:"奉劝各位,除了灾难、病痛,时时刻刻要快乐。"
死亡和灾难是不速之客,有时候它们的降临,甚至都不会敲敲门。

所以,我们要学会善待自己。
爱了,就用力去爱;恨了,尽早放下也好。

CHAPTER SIX
成年人的生活，
除了容易胖，没有什么是容易的

我们遇到的生活都是一道道窄窄的门，
它不给你敞开，推开门也不是通达的大道，
我们要穿过很长很黑很远的路，
找到微光。

所有的亏欠，
都是后知后觉

01

看过这样一个故事。

邻居阿芳，因为老公过世，跟孩子两个人相依为命。

阿芳是公认的育儿高手，她的孩子从小便有出息，为人正派，聪敏上进，是传说中"别人家的孩子"。

上一周，阿芳又收到了儿子的汇款。

儿子才上大二，正常来说是没有收入的，但是儿子从大一便开始勤工俭学，不仅学费自己承担，而且有盈余的情况下就会汇给阿芳。

阿芳拒绝过很多次，但儿子依然雷打不动地汇款，每个月一千块。

突然有一天，阿芳崩溃了，嘴里一直嘟囔着："为什么不给孩子买几个草莓呢？"

那是很多年前的事了，阿芳的儿子还在上小学，有一天，儿子发烧了。

阿芳问儿子："你想吃什么，妈妈做给你吃。"

儿子把头偏向一边，说要吃草莓。

那个年代，草莓可是个稀罕物，阿芳心疼钱，便提出了条件："那你的病赶紧好起来，之后，你要学会做家务，每做一样家务，我就奖励你一毛钱。到时候用自己劳动的钱买草莓，肯定更甜。"

儿子的病好了，他记得妈妈的话，每天帮妈妈做家务，认认真真地攒钱。

一毛，两毛，三毛……

一块，两块，三块……

当儿子攒到差不多时，草莓早已经过季了。

到了第二年，孩子早就忘记了草莓的念想，阿芳自己也忘记了。

很多年后，孩子考上大学，留下阿芳独自在家。

有一回，她去市场买菜，看到红艳艳的草莓，忽然想起了旧事。

她哭着对自己说："为什么不给孩子买几个草莓呢？"

一个孩子，想吃草莓，开口向妈妈要，这样的场景，一生也遇不到几次。

阿芳觉得自己对儿子是有亏欠的，多少年之后再回头，就算草莓是一百块一斤，一千块一斤，似乎都不值一提，只有儿子期待的眼神是最珍贵的。

那是最朴素、最真实的愿望。

阿芳怕的是，再也看不到儿子那充满期待的眼神了。

02

在我的第一本书《每一首歌都有TA要去的地方》里,写过一位周老师的故事。周老师是我的硕士生导师,是一位有些潮流、却也守着文人风范的师者。

大学生上课总是有些松散,甚至有很多老师要靠点名来维持课堂秩序,但在周老师的课堂上,永远挤满了学生。

后来我吹嘘了半辈子自己硕士期间就买房的事儿,其实也有周老师的功劳。

当时搭错了筋,跟两个朋友去看了一套房。

西向,是个大通间,很大的玻璃,阳光洒下来,光线充足得让人目眩。

父母给我准备了一部分钱,又跟朋友同事借了一些钱,还有六万块钱的缺口。

该咋办?

也不知道从哪里来的勇气,我打电话给周老师,说我要买房,可是还差一些钱。

电话那头,周老师问我需要多少。

我说六万。

周老师说没问题。当天下午,我就收到了六万块钱。

每年六月份,导师都会跟学生们吃一次散伙饭。

几年前,周老师给我打了一个电话,说师弟师妹们希望跟我这个师兄见个面,如果有时间,可以赶过去。

当时是出差回济南的路上,有些累,可能还有一些矫情,忘记是在一种什么样的情绪之下,总之最后的结果就是我推辞了。

后来我还有个离奇的想法,是不是吃过一次散伙饭,还要再吃一次,是不是周老师还会再给我打一次电话。

只是在这之后,周老师再也没有提出过类似的要求。

我多么希望某一天,接到周老师的电话。

电话那头,周老师懒洋洋地:"喂,今晚跟师弟师妹们吃个饭,必须排出时间来。"

电话这头,我乖乖回答:"好嘞!"

03

Lucy跟老公是大学同学,好了整整四年的时间,却在婚后三年,败给了"没感觉"三个字。

是不是很荒谬?

离婚是Lucy主动提出来的,是的,老公没什么不好,没有出轨,没有不负责任,没有花天酒地,Lucy只是不希望继续过重复了一万天的生活了。

决定离婚后,Lucy和老公做的最后一件事,就是去西藏。

当年也是在这里,那个看起来蠢笨蠢笨的男人,拿着一枚戒指,向Lucy求婚的。

两个人开着1.4排量自动挡的小车,到达旅店已是深夜。

次日,他们要走通麦天险。

到了旅店后,才看到很多人聚在大厅里,聊当地的暴雨和泥石流,以及被泥石流裹挟失踪的车辆。

回到房间后,两个人挤在被子里,彼此的呼吸声清晰可闻。

谈论明天,似乎成了一种奢望。

凌晨,Lucy的老公忽然坐起来,把台灯打开,取出了两张纸,说:"以免意外发生,我们各自写封遗书吧。"

Lucy写了两分钟,他写了十秒,但两个人都没有看彼此留下的"遗书"。

那一夜,格外漫长。两个人相拥无眠。

有那么一刻,Lucy心想,如果明天可以共同赴险且共同度过,那么,就当死过一次,重新活吧。

第二日,两个人顺利穿过了通麦天险。

在那段令人窒息的路程里,他一直看着前方,而Lucy一直看着他。

Lucy的心里甚至有一个特别冷硬的想法,哪怕今天掉下去,我也会看着他一起往下掉。因为那曾经是自己铁定了心要追随一生的伴侣。

后来,Lucy终于有机会看到老公当时写的遗书。

在自己的遗书里,Lucy嘱托他照顾父母孩子,而在他的遗书里,只是简短地写了一句:

"来西藏都是我的主意。"

从西藏回来后，Lucy说不想离婚了，她老公却坚持分开。

"是我的，迟早都是我的，不是我的，终归也不是我的。先分开一段时间试试看吧。实在不行，你再回来，我也愿意。"

Lucy用小拳拳捶打着老公的胸："我就不分开！"

04

龙应台有几本书都是写给儿子安德烈的，2018年，她为自己的母亲写了一本《天长地久》。

写这本书，源于龙应台的疑问：

当你还健步如飞的时候，为什么我不曾动念带你跟我单独旅行？

为什么我没有紧紧牵着你的手去看世界，因而完全错过了亲密注视你从初老走向深邃苍穹的最后一里路？

于是，龙应台决定给母亲写信，把她当成一个比自己年长二十六岁的女朋友。

人生，总是有一个"报应"在其中的。

当年龙应台离家去台北，母亲亲自来送别，上火车那一刻，她没有回头望一眼母亲。出国时，父母到机场送别，进海关之前，她也没有回头看父母一眼。

后来，龙应台的儿子出国当交换生，轮到她去机场为儿子送别。

她心中满怀不舍，以为要泪洒机场时，却发现儿子头也不回地走了。龙应台一直在等儿子消失前的回头一瞥，但是没有，一次也没有。

也就有了龙应台的那句名言：

> 我慢慢地、慢慢地了解到，所谓父女母子一场，只不过意味着，

你和他的缘分就是今生今世不断地在目送他的背影渐行渐远。你站立在小路的这一端,看着他逐渐消失在小路转弯的地方,而且,他用背影默默告诉你:不必追。

反观年轻时代的自己,龙应台深感"一心向前,义无反顾,并未为母亲设想过"。

回想当年离开母亲时,并没有想到,母亲也需要女儿,甚至是在往后的三十年里,都没有想到母亲会想念自己。

《天长地久》是龙应台对母亲的一种忏悔,更是一场迟到的觉悟:

我清清楚楚看见现在的你。

你坐在轮椅中,外籍看护正在一口一口喂你流质的食物。我坐在你面前,握着你满布黑斑的瘦弱的手,我的体温一定透过这一握传进你的心里,但同时我知道你不认得我。

我后悔,为什么在你认得我的那么长的岁月里,没有知觉到:我可以,我应该,把你当一个女朋友看待?

在陪伴母亲的这段日子里,龙应台发现有很多事情是需要留在母亲身边才能做到的。

比如,用棉花擦拭母亲眼角的黏液,用可可脂按摩母亲瘦弱的手臂,或者挑选合适的剪刀帮母亲修剪石灰般的脚指甲。

早晨,她还会笑着一遍一遍地唤着:"应美君,你今天好不好,你好吗?"然后,抽出一张湿纸巾,轻轻擦母亲的嘴角和眼角。

然而,已经失智的母亲不认得她,也没法说话,只剩下眼睛里深深的空洞和虚无。

迟早有一天，我们会像父母养育我们那样，养育我们的父母。

只是，前者充满了期待，后者，往往只剩下无望。

05

小时候就被教育，不要欠别人东西，如果要欠，欠什么也不要欠人情。可，与其说人与人之间是靠情感维系，不如说是靠亏欠在维系。

只是，所有的亏欠，都是后知后觉。

当猛然发现的时候，你就会知道，时间不是像一个小偷，而真的就是一个小偷，偷光了本可以修复的情感，偷光了本可以顺畅的沟通，偷光了一个又一个选择。

仓央嘉措说：最好不相伴，便可不相欠。

王菲唱：我们要互相亏欠，我们要藕断丝连。

有多少灯光，
就有多少悲欢离合

虽然你生活在这么多人群里，但其实每一个人都只和自己周围的几个人保持联系，每个人的生活圈子都小得不行。

在这部纪录片里，你能看到别人的生老病死、喜怒哀乐。

近窄门，走远路，见微光。

我们遇到的生活都是一道道窄窄的门，它不给你敞开，推开门也不是通达的大道，我们要穿过很长很黑很远的路，找到微光。

——任长箴

01

2018年，《生活万岁》这部纪录片突然之间爆红。

十四组普通人的故事里，有一对父子，四十一岁的老宋和十五岁的小宋。

父亲老宋是上海高楼外的"蜘蛛人"，东方明珠是他经常服务的对象。

这里房子的均价，在二十万以上，一个厕所便能抵得上他老家一套称得上奢华的房子。

儿子小宋五岁那年，老宋和老婆离了婚，他先是把儿子托付给老家的父母抚养，后来干脆就带在了身边。

他的理由只有一个——上海的教育条件更好。

他们住的是城中村。

晚上，老宋给儿子做他最爱吃的西红柿炒鸡蛋。

饭桌狭小，窗户上糊的纸被风一阵一阵地吹开，洗衣服要去外面的水池，袜子破了洞要仔细地缝好……

老宋对儿子说："你知道爸爸一个人带你也不容易，争口气，不要淘气。"

之前的老宋对足球一无所知，直到儿子喜欢上了足球，他才偶尔跟着看比赛。

小宋最早是守门员，到了五年级，身高成了问题。

教练问小宋："你怎么长不高呀？那你爸爸多高呀？"

老宋只有一米六五。

教练觉得小宋估计也"长不出来"了，继续守门不合适，就让他开始练踢球。

听到教练这么说，老宋也有点为儿子的身高着急，听说儿子训练要练胸肌，他二话不说给儿子买了牛肉和蛋白粉。

老宋下班后的生活，就是给儿子烧饭、洗衣服、聊天。

整整十年。

后来，十五岁的小宋长成了身高一米七七的大小伙子。

片中有一段父子俩互相给对方搓背的镜头,很是温馨。

但私下里说起儿子,老宋还有一点小遗憾:"好像他大了之后,没有小时候那么爱跟我说话了。"

对于一个四十一岁的离异男人而言,他就像一只始终盘旋而无处落脚的灰色鸽子,就那样漫无目的地飞着,周围是一个巨大的世界,就像一条永远都飞不出去的隧道。

一切都是虚空,一切都是虚无。

儿子是一切虚无里嵌入骨髓的实在,只是也早已脱离了他能够"控制"的范围了。

02

晚上,老宋和儿子挤在一张床上,有一搭没一搭地聊天。

老宋的眼神里有躲闪,藏着一个父亲的亏欠和愧疚。

他问儿子:"你的梦想是什么?"

儿子说:"踢球,身家过亿。"

父亲先是一怔,之后的眼神里继续躲闪,劝儿子不要老抱着手机,要好好看书。

什么是生活里的光?

导演任长箴有一个说法:

"生活很复杂,困难也很多,要解决的问题也很多,但我们就此失去希望变得沉沦吗?抱怨吗?不是的,我觉得这都不是对生活的态度,生活就这样,你怎么过下去,就是要给自己找到信念,有些苦应该吞咽下去,苦会回甘,这就是光。"

《生活万岁》上映时,已是拍摄一年之后,十六岁的小宋还在上海踢球。

有记者问他:"你现在还想着要给爸爸在上海买一套房子吗?"

小宋说:"改了。"

"改成什么了?"

"我想买两套。"

也许是一个新闻人的敏感,我更在乎的是这样的拍摄和介入,会不会对孩子的成长产生阻碍,或者准确地说,是心理压力。

小宋的回答是:"我无所谓。我的那些同学、朋友,都知道我的家庭是什么样的。"

我不知道这个孩子的内心有没有过恨意,甚至是埋怨,即使那些恨意和抱怨会转化为动力,转化为挣扎,可却依然是恨意和埋怨。

不拧巴,对生命的缺憾和礼遇始终平静,这是一种极为高级的修炼,但是对一个孩子而言,这压根就是实现不了的要求。

从当年的"小宋"到后来的"老宋",老宋已经是上海最资深和工作年限最长的"蜘蛛人"之一了。

他的职业病越来越严重,腰椎间盘突出,最后只能暂时回老家休息。

大千世界，芸芸众生，滚滚红尘，鸡毛满地。

这就是我们的生活。

这就是我们每个人都曾经有过的生活。

03

在夜市一边卖田螺一边卖唱的明哥，掐着兰花指唱梅艳芳的歌，还要陪一桌熟人畅饮到天亮，艰辛地供女儿上学。

在成都街头卖唱的盲人老夫妇，丈夫伴奏，妻子唱歌，晚饭时丈夫和妻子碰了碰杯，说："我尽量活得久一些，不能让你一个人瞎摸。"

八十二岁的老母亲，三个儿女以做生意为名，逼着她卖掉了自己住了半辈子的房子。儿女们投资失败，女儿也已经七年没有和她联系了，她落了泪，说："我也没办法，我要给他们还债，我是娘啊。"

《生活万岁》里，讲了十四组普通人在灰暗的生活底色里，所散发出来的光。

没有旁白，没有解说，没有剧本，没有观点。

只有故事，只有人生，只有过往，只有此时此刻。

没有高光时刻，也没有软件美图和修饰，不是漂亮的PPT。

有人说，这叫"60分以下"的生活。

他们，为了一顿饱饭，为了明天的太阳，为了生活的希望，甚至仅仅只是为了活着。

在深夜，他们可能都曾暗自垂泪过。可是太阳升起时，他们又开始了蚂蚁搬家似的劳碌。

神前宜泣，人前宜笑，这是普通人都知道的道理，也是生存法则。

日子，总得过下去，不是吗？

我们的生活去掉繁文缛节的东西,剩下的都是故事。

所谓的繁文缛节是什么?是你每天起床、穿衣服、吃早饭。

去掉这些繁文缛节之后,你会发现生活不外乎就是每天产生欲望,然后挑战自己的欲望,做出选择,最后获得结果。

不同的选择会成就不同的故事,这就是生活。

布莱士·帕斯卡有句名言:我只能赞许那些一边哭泣一边追求着的人。

在失意受挫的时候,能够坚持活着,这是人类渺小而坚定的力量。

导演说:

"人味就是人的不完美,他也有两难的时候,也需要做出抉择,他会在白天放肆大笑,也会在深夜抱头痛哭,你无法用几个形容词来形容一个人,因为人是丰富多义的。"

有人做了一个总结:成年人的生活,除了容易胖,没有什么是容易的。

04

著名中国古典诗词研究专家叶嘉莹先生在谈论人生和诗词之美时,创造了一个词:弱德之美。

在庞大的时代和无常的命运面前，每个人都是弱者。

如何在困苦的环境下，依然可以保持自己的品德、坚持心中的理想，完成自己，这便是弱德之美。

当我们被困在一个城市，一段情感，或者一场疾病中的时候，保持弱德之美，太难了。

我们做的每一个决定，无非就是选择。选择的背后，并非你可以得到什么样的幸福，而是你可以承担什么样的痛苦。

还有些时候，压根没有选择。

一堵墙，就硬生生立在你的面前，逼仄，无处可逃。

由丧而暖，由丧而燃，这才是人性里的光辉。

只是，一束光永远会遇见另一束光，就像宇宙洪荒之中，一个声波遇上了同频的声波。

比如气喘吁吁地赶到公交车站，公交车刚好抵达，司机还冲着你微笑；

比如刚好没有时间吃早饭，同事把一包饼干塞到了你的手中；

比如一直想跟他沟通却苦于找不到时机，他却主动找到了你；

比如你在想念一个人，盯着手机里的微信，他刚好也"正在输入……"

这世上只有一种真正的英雄主义，那就是认清生活的真相后，还依然热爱生活。

这世上也只有一种真正的坚强，那就是被贫穷逼到生死边缘，依然顽强地活着。

我们不是超人，但我们都在这个世界用力且深情地活着，这本身就够伟大了。

"其实，人都是在别人的故事里流自己的眼泪，实际上看了他们的故事，你哭的是自己。为什么有的故事你哭得强烈，因为你经历过类似的感受。所以我的观点是，你永远都不是因为这个故事感动，因为你不认识这个人，你看到的是他的困境，并产生了某种感同身受，让你自己难受了。"

活着特别好，特别有趣。
可以体会苦，然后特别甜。
人只能活一次，死了就什么都没有了。
所以要特别珍惜地活。

05

王小波在《黄金时代》中写过一句话："那年我二十一岁，在我一生的黄金时代，我有好多奢望。"

其实，后面还有半句："后来我才知道，人一天天老下去，奢望也一天天消逝，最后变得像挨了锤的牛一样。可是我过二十一岁生日时没有预见到这一点，觉得自己会永远生猛下去，什么也锤不了我。"

每个人都有自己的黄金时代，黄金时代里却也有最无力的瞬间。

《生活万岁》里还记录了一个开出租车的单亲妈妈。

经历过一次失败婚姻的单亲妈妈，不想再错过女儿的成长。她选择带着女儿一起出车。

每天下午五点，她带着孩子开车出门，一边载客，一边看顾孩子。

凌晨五点，孩子还在安静地睡着，她交班回家。

有这样一个镜头。

车停在路边,她给女儿买了一包海苔,两个人分着吃。

妈妈对女儿说:"妈妈好爱你。"

在出租车上时,妈妈问女儿:"妈妈太爱你了小乖乖,你爱不爱我呀?"

女儿答:"爱你呀。"

妈妈问:"我问你,你怎么爱我呀?"

女儿答:"我就是爱你呀,爱你呀。"

妈妈问:"你爱我吗?"

女儿答:"好爱你哦。"

好好吃饭，
累了就回家

01

某次开电视剧的年会，有专家讲到了未来的新家庭剧模式：

未来的新家庭剧，要以"90后""95后"年轻夫妇为主角，表现最新一代年轻夫妇的婚姻观、育儿观和家庭观，在新的代际人设中创造新故事、新人物。

"90后""95后"，都已经为人父、为人母了。

设想一下，将来你会成为一个父亲或者母亲，你想成为什么样的父亲或者母亲？

如果你现在已经为人父、为人母，你有没有想过，你在孩子的心中，是一个什么样的父亲或者母亲？

有人不屑去想，觉得为人父母本就是天经地义，是不需要学习的天然技巧；有人觉得，不过是兵来将挡水来土掩而已；还有人抱怨，处在上有老下有小的中年时代,是最悲催最苦逼的一群人,哪有时间去思考那么多。

可,真的如此吗?

02

某网站创始人L做过一次演讲,提到了自己最后悔的事。

在他创业的过程中,忽视了跟孩子相处的时光,直到有一次全家接受心理治疗,上初二的儿子说出了他内心的渴望——希望妈妈能够每周做两次饭,希望爸爸每周能接送他上下学两次。

L恍然大悟。

作为一个父亲,他意识到孩子的脆弱与无助,并开始接送孩子上下学,每周有三顿晚饭会和儿子一起共用,每周保留完整的一天陪儿子玩耍。

他说,经营事业与经营家庭同样重要。

前两年,有一部电影叫《找到你》,不讲这部电影的主要内容了,我拎出了主角之一——由姚晨饰演的李捷最后的一段独白。

准确地说,这是一个女律师在法庭上的辩护:

"生孩子是天底下最自私的事情,用别人的生命来完整自己,都说母爱是伟大的,但其实,一个母亲对孩子的爱,也只是在对自己的选择承担后果而已。最该感谢的是孩子,是他们带父母成长,让我们体验到一种毫无戒备的,甚至可以献出生命的爱,那是一种自由。

"这个时代对女性要求很高,如果你选择做一个职场女性,会有人说你不顾家庭,是个糟糕的妈妈;如果你选择成为一个全职妈妈,又有人会觉得生儿育女是女人应尽的本分,不算是一个职业。但事实上,是因为努力工作,我才有了选择的权利;因为有了孩子,我才了解了生命的意义，才有勇气去面对生活的残酷。"

03

我主持过一个论坛，刚好是七夕节前夕，论坛的主题跟爱情有关。

现场嘉宾中，我印象最深的有两位：一位是心理学专家、我个人非常尊敬的宋教授；另一位是某学会的会长，自称研究传统文化多年。

会长的长相颇有些仙风道骨，一开口便是"男大当婚，女大当嫁"，以及"不结婚不生子是对父母最大的不孝"，以及不生孩子那叫"不孝有三，无后为大"。

这种明显已经过时的观念，我都懒得跟他辩驳。

宋教授显然也无法认同会长的观点，但风度之下，并无愠色。他面带微笑地说："现代社会，是否结婚，是否生子，已经成了个人的一种选择，既然称其为选择，那就不能讲对错。"

世界上什么事情都可以将就，只有结婚这件事情没办法将就。因为你要的不是一张结婚证，而是一段幸福生活。

到了别人嘴中所谓该结婚的年龄把自己嫁出去，是把面子保住了，但是婚后的生活，冷暖自知，别人才不管你到底过得怎么样，过得好不好，只有你自己心里清楚。

婚姻不是在玩游戏，失败了还能清零重来，所以必须要慎重。

04

一位朋友，是很优秀的媒体人，跟我说起他与母亲的对话。

"妈，年过四十之后，我希望自己可以换一种生活方式，甚至找个小村子过生活。"

没想到,他的母亲连想都没想,便说:

"儿子,去过你自己想要的生活,我们这代人受委屈习惯了,我可不希望你再走我们的老路了。"

听朋友讲述这段往事,我的眼睛也跟着亮了。

后来,我看到了这样一段话:

我钦佩一种父母,她们在孩子年幼时给予强烈的亲密,又在孩子长大后学会得体地退出,照顾和分离都是父母在孩子身上必须完成的任务。

"去过你自己想要的生活",就像是一锅美味的鸡汤,由妈妈亲自端来的时候,那是一种放手,更是一份祝福。

05

界限感,是我们的民族很少提及的一个词,甚至很多人觉得零界限感是亲密的标志。

大龄单身子女面前,父母们催婚;单身的父母想要再婚,子女们阻挠。双方都是依据自己的经验和感受,去干涉对方的生活。

我最忘不了的是在电影《后来的我们》里,田壮壮所饰演的那位父亲。

电影的最后,是他给儿子的前女友写的一封信:

吃什么还是家里好,那些外卖能好吃吗?一直想给你寄点吃的,又不好问见清，这些年他好像突然长大了，我知道那都是因为你。

缘分这事，能不负对方就好，想不负此生真的很难，这些可能都得等到你们老了，才能体会得到。

做父母的，你们和谁在一起，有没有成就都不重要，只希望你们能过上自己想要的日子，健健康康的。

我老了，眼睛瞎了，见清也总说我什么都不懂，那年在火车站，我还以为我握住的是你的手，却发现那不是你，我就明白，就算你俩走不到一块，我们也会是一家人。

小晓，好好吃饭，累了就回家。

只希望你们能过上自己想要的日子，只因为曾经是"一家人"。

据说这部电影在拍摄的时候，饰演田壮壮老师儿子的井柏然几次跟导演刘若英要求："导演，我想多一点父子情的戏。"

刘若英问："为什么？"

"我想让他知道我爱他（田壮壮）。"

父母和子女一场，唯一的关联便是"爱"，只是爱的表现方式不同罢了。

06

我看到一个故事：

在小A的外公去世前，因为每天能够吃到肚子里的东西实在少得可怜，小A的妈妈便到处搜索一些稀罕的东西，让外公尝尝鲜。

那天妈妈带去几个莲雾（也叫洋蒲桃、紫蒲桃）。

姥爷半躺在床上，吃了两个莲雾，点点头，之后定定地看着小A的妈妈，说："好吃，谢谢。"

妈妈以为姥爷在说莲雾好吃而谢谢，漫不经心地回了一句："喜欢你就多吃点，回头我再给你买。"

姥爷的嘴角扯了一下，微闭着眼睛说："谢谢你做我的孩子。"

"你哥你姐，我从他们出生就没管过，都是你妈一个人带。你妈生你难产离世，我只能自己带你。那时候才知道，养孩子太累了，但又真的开心。

"以前我总想，等我退休了就自杀，绝不给你们添麻烦。可是看着你们生儿育女，又看着你们的孩子生儿育女，我实在舍不得。

"人到老了实在是可怕，现在，倒要你们像照顾小孩一样地照顾我。"

妈妈的两颊挂着清泪，不舍地说："爸，您别讲了。"

姥爷说："你不懂，我没时间了。"

第二天清晨，小A的姥爷就去世了，脸上带着淡淡的笑。

姥爷离世后，妈妈无意中拿起姥爷吃剩下的莲雾，才咬了一口，就酸得掉下了眼泪。

卖莲雾的人分明说这种果子最甜了，怎么可能是酸的？剩下的莲雾每一个妈妈都咬了一口，结果才知道自己买的那些果子全都是酸的。

妈妈想起外公说的那句"好吃,谢谢",号啕大哭。

亲友安慰妈妈,无非是"人死不能复生,每个人都有走的那一刻"之类的话。

妈妈抬起头来说:"你说多好笑,都要走了还说胡话,养我这么大,我没谢谢他,他反倒感谢我。"

有人说,其实姥爷要讲的是,他因为养育妈妈而学会了爱,妈妈赡养他,他又学会了如何被爱。

所以姥爷说了那句"谢谢"。

曾经有一首叫《挑妈妈》的诗,在网上走红。

你问我出生前在做什么
我答我在天上挑妈妈
看见你了
觉得你特别好
想做你的儿子
又觉得自己可能没那个运气

没想到
第二天一早
我已经在你肚子里

这样的相遇,真是一场莫大的欢喜。

谢谢你,愿意做我的孩子。

谢谢你,我从未问你一句你是否愿意,你就叫我一声"妈妈(爸爸)"。

谢谢你,愿意无条件地信任、支持和回馈我。

谢谢你,我的孩子,始终给予我稳定而绵长的爱。

好好吃饭,累了就回家。

那个字，
我们终究没有说出口

01

我去北京出差，见了一个朋友。

她说最近她爸爸的肾上腺上长了一个肿瘤，好在是良性的。

"这可真是个奇怪的长瘤地方。"我脱口而出。

"不过，我爸被推到手术室的时候，我有那么一刻眼窝是潮湿的，但也没哭。可是，看到一个得了癌症的男孩，我没忍住，哭了。"

那个男孩六岁，不过样子瘦小得像个四岁的男童，头发很稀疏，而且是枯黄干燥的，眼睛周围有一层暗黑，发青，有点像咸鸭蛋壳的颜色。

男孩得的是淋巴癌，已经扩散到了肝脏和肺。

"你们看，这些都是肿瘤扩散的地方。"

医生手里拿着一根小棍儿，指着被挂在墙上的CT结果。

医生对他父母的忠告是，哪怕手术成功了，目前的估算是只能多活三个月。

三个月，不到一百天。

一般的病人都是躺在推车上被推进手术室，可是他不能躺，他一躺就疼，所以他是半倚半坐在一个轮椅上进的手术室。

男孩的身后是六七个大人，眼神几乎是相似的呆滞，甚至是一种漠然。

就在离手术室的门越来越近的时候，男孩开始喊了。

那声喊，毫无征兆，却像响雷炸开一样刺耳。

他喊："妈啊，妈妈，妈呀，妈妈……"

声嘶力竭。

后面的人大多数开始掉眼泪，可是都没有哭出声来，似乎也怕在孩子面前表现出更多的悲伤和担心。

手术室的门关了，寂静无声。

孩子的妈妈在喃喃地说着："孩子，孩子，我的孩子。"不知道是由于操劳过度，还是伤心过度，孩子的妈妈有些苍老。

此刻，进了手术室的男孩是不是也在继续呼唤着妈妈？

"妈啊，妈妈，妈呀，妈妈……"

两个小时过去了，手术室外，没有一个人坐着，有的在踱步，有的只是呆呆地站着，没有人聊天，甚至全程没有一个人说话。

就像是一幕舞台剧，默剧。

又是一个小时过去了，医生走了出来。

就像电影里演的，医生的表情很凝重，只是没有说那句"我们尽力了"，而是一句"孩子没撑过来"。

孩子没撑过来。

这个无情的小家伙,你忘了好好说再见;

这个讨厌的小家伙,你闭上眼睛就再也不睁开;

这个可怜的小家伙,你觉得这个世界不好吗?

孩子的妈妈直接跪倒在了地上,发出嘤嘤的哭声,可是那个哭声里,没有责备命运不公的不满,而是充盈着柔情。

某一刻,你会觉得,那哭声,像是唱给婴儿的催眠曲。

其实,八年前,相似的一幕,在同一家医院也发生过。

是的,这个男孩曾经还有一个他未见过的哥哥,哥哥走的时候也是六岁。哥哥得的,同样是淋巴癌。

怪不得孩子的妈妈看上去那么苍老,因为生下小儿子的那一年,她已经四十岁了。

孩子单名一个"生"字,父亲希望自己的孩子能够生生不息,没想到,连生都成了一种奢望。

作家绿妖说:"有时真希望自己是个孤儿,无父无母,谁的情也不欠,浪迹天涯……"

浪迹天涯,无边无涯。

02

在北京,还遇到了东,他非要见我一面。

我开会的地方在798艺术区,结果他就在外面等了我俩小时。

他说他跟我见一面,聊聊天,不能待很长时间,因为晚上约了给他妈妈做手术的医生吃饭。

她妈妈得了肺癌。

我在东的微信里见过他妈妈的照片,穿着碎花褂子,咧着嘴巴笑,很有福气的一个老太太。

本来活泼开朗的老太太,脸色苍白,连笑一下感觉都要用尽浑身的力气。

她往下扒拉着病号服,露出了脖颈下的那一块区域,那里被医生用马克笔画了一个很大的圈。

"这就是要手术的地方。"

"手术后,我妈老了很多。"他一边开车,一边说,眼睛始终看着前方,没有看我。

路上很堵,他的眉毛挤成了一条山川。

东算是混娱乐圈的,给某快乐男生和某超级女生做过助理,在艺人、唱片公司和活动方之间找盈利点。

可是妈妈查出病来之后,他就基本没什么工作状态了,甚至直接请了病假。

真的到日子需要倒数的时候,你才发现很多该做的事情都没有做。

不过也因此很难得的有了几个月跟妈妈朝夕相处的时间。

他跟妈妈说起年轻艺人的不公平。妈妈说十六岁那年从村里到镇上比赛绣花，她的针眼又密又匀，速度也快，可还是输给了别人。"不公平哪儿都有，咱们认了，继续努力呗。"

妈妈做了一辈子会计，妈妈跟他说，会计总得接触钱，而且每隔几年就换一任领导，往往会计也会被换掉。

"那你咋没被换掉呢？妈，看来您有一套啊。"

"有啥一套啊，咱就是嘴巴紧，多余的话咱一句都不多说就是了。"

妈妈问东还记得他上小学那年爸爸出车祸走的事儿吗？

东说记得，不过都忘得差不多了，用个流行点的词叫选择性遗忘。

妈妈说："儿啊，那会儿妈也是第一次摊上这样的事，妈做得不好，当时还打了你。你得原谅妈。"

东一下子想起来了，爸爸骑着自行车被卡车撞了，妈妈哭了两天，还莫名其妙地扇了他一巴掌。

也不是莫名其妙，他是看到班里的小朋友吃面包，他从来没吃过，就想让爸爸买给他。

结果，爸爸去镇上的小卖部买来了面包，却在回来的路上，遇到了车祸。

结果，妈妈的手掌落在了他的脸上，手掌上都是茧子。

那是妈妈第一次打他。

也是妈妈唯一一次打他。

他才知道妈妈的脚是三十八号；

他才知道妈妈最喜欢吃的水果是榴梿；

他才知道妈妈最喜欢的颜色是金黄色,怪不得妈妈的很多衣服都是金黄色的;

他才知道妈妈最喜欢的明星是成方圆,"那个孩子实诚,唱的歌也实诚"。

东的朋友过来探望,带了一箱酸奶。

妈妈舔了一下酸奶盖,心满意足地说:"我从来没有喝过这个东西,真好喝。"

从此之后,妈妈病床旁边总会摆着几瓶酸奶。

"我妈手术后的情况不怎么好,一想到我妈可能不在了,我就脑仁儿疼,我接受不了。"

东两只手用力拍着车上的方向盘。

我坐在副驾驶的位置,连一句安慰的话都不知道怎么说。

03

我是个后知后觉的人,在很多方面。

我爸爸有两个兄弟,一个是我老爹(伯伯),一个是我叔叔,他们去世十年了。

两个人去世,前后不到一年。

我大三那年,考完试回到威海老家,回家当天,好像是姥姥过生日,反正是个喜事,我稀里糊涂地跟着父母一起去看姥姥姥爷。

客厅里一堆人聊天,我坐在炕上看电视,我爸走进来:"我跟你说个事啊。"

"嗯。"我的视线基本没从电视情节里移开。

"上个月,你老爹去世了。怕耽误你,也没跟你说。"我爸的表情很淡,"现在得跟你说了。"

说完这句话,我爸就回客厅了。

我的泪一下子就出来了,舅妈在旁边安慰我。

我从小就是老爹老妈手心里的宝,到了假期总会到他们家住几天。

老爹家卧室炕边的墙上,画满了杠杠,那是小时候我每次去,老爹量我的身高画的。

有一次我爸来接我,我抓着车门喊:"老爹老妈我不想走,你们别让我走啊。"

老妈倚在门上,一边抹眼泪,一边跟我爸说:"孩子不想走就让他再在这儿玩几天吧。"

老爹走了之后,每年大年初一,我爸我妈和我都会去老妈家过年,老妈做一大桌子的菜,鸡鸭鱼肉。

"你老妈早就准备好了,今天买一点,明天买一点,菜就买多了。"我姐边说边笑。

只是笑里,总有一丝苦。

老爹走了一年之后,我的叔叔也走了,走得很突然。

我对叔叔的印象就是他有点邋遢,外貌上跟我爸简直就是同一张脸,不太会讲话。

村里人都说我叔叔很犟,还有点像二流子,跟从小就是好学生的我爸完全不同。

几年的时间里,我爸帮他找过工作,介绍过对象,给过他钱和吃的、穿的、用的。

可是他,结了一次婚,有了一个儿子,又离了婚,丢了工作,每天吊儿郎当。

我妈是第一个告诉我叔叔去世消息的人,还有一些她听来的细枝末节。

她没有跟我说得很详细,就是说村里人发现好久没见到我叔叔了,后来,打开房门去家里看,人已经过世了。

心脏病。

医生说,因心脏病而死去的人,会很快出现呼吸急促和四肢僵硬,过程非常快,没有多少痛苦,几分钟之间就没有意识了,但也可能会有一阵儿剧烈的疼。

不知道,当你捂着胸口感觉到疼的时候,是否会回望这碌碌无为的一生,是否也曾挣扎过。

或者,其实你走得很平静,也几乎感觉不到疼,四十四年的时光,眨眼之间,就跌跌撞撞到了终点线,你甚至觉得放下了。

再或者,你压根什么都没想,因为没心没肺似乎是你一直以来的"优秀品质"嘛。宋丹丹都在小品里说,没心没肺的人,睡眠质量都高。

有一年过年回家看爷爷,我坐在车里,看到我叔叔蹲在墙根底下抽烟。

那天阳光很好,我叔叔懒洋洋很闲适的样子,有那么一刻,我特别想跟他说一句:"叔叔,你得活出个样子来。"

但我终究没说出那句话。

我十八岁之后,跟叔叔的对话仅限于,他对我说:"回来了?"

我点点头:"嗯。"

在我心里,总是有些遗憾,我觉得我应该在他离开前,就跟他说点什么。

毕竟,他是我的叔叔。

04

有网友说,中国缺乏三种教育:性的教育、爱的教育、死亡教育。这三种概念,分别对应人生的三个支点:身体完整、灵魂充沛、生命价值。

国外认为,好的死亡是有准备的死亡,比如对孩子说一句"对不起,妈妈当时对你是有些苛刻了",或者跟自己的伴侣说一声"能够与你相伴一生,是我最大的幸运",等等。

利用最后的机会"四道人生"——道别、道爱、道歉、道谢。

这些话,对死去的人有意义,对活着的人更是莫大的安慰,甚至成了他们活下去的理由。

只是,那个字,我们终究没有说出口,因为说一次,疼一次。